Un si terrible secret

Évelyne Brisou-Pellen

Un si terrible secret

Vocabulaire par
Silke Komma

1. Auflage   1   15 14 13 12 11 | 2021 20 19 18 17

Alle Drucke dieser Auflage sind unverändert und können im Unterricht
nebeneinander verwendet werden. Die letzten Zahlen bezeichnen je-
weils die Auflage und das Jahr des Druckes.
© für die Originalausgabe: Rageot, coll. Cascade Pluriel, 1997
© für diese Ausgabe: Ernst Klett Sprachen GmbH, Rotebühlstr. 77,
70178 Stuttgart, 2008
Alle Rechte vorbehalten.

Internetadresse: www.klett-sprachen.de

Redaktion: Anne-Sophie Guirlet-Klotz
Umschlaggestaltung: Elmar Feuerbach
Umschlagfoto: Shutterstock images / © Dino Ablakovic
Foto S. 88: © Rageot
Druck: Medienhaus Plump, Rheinbreitbach
Printed in Germany

ISBN 978-3-12-592248-8

Évelyne Brisou-Pellen

Un si terrible secret

Vocabulaire
par
Silke Komma

Ernst Klett Sprachen
Stuttgart

Table des matières

Un si terrible secret (texte intégral et notes)

Un coup affreux

J'ai mis le dernier point sur le vieux cahier. C'est fini. Je ne sais pas comment j'ai fait pour aller jusqu'au bout. Maintenant, je suis sûre que je ne serais plus capable de raconter cette histoire terrible. Heureusement, je n'aurai plus à le faire. Elle dort là, sur
5 le cahier d'écolier jauni que j'ai trouvé au fond de la malle, et je vais l'enfermer dans le coffret en bois, que je vais enfermer dans la valise d'osier, que je vais enfermer dans la malle, que je vais enfermer dans le placard du grenier, au fond de la mémoire de la maison, au fond du temps.

10 Tout a commencé le jour de Noël. Une date pareille, ça ne s'oublie pas. J'étais à la maison, en train de faire cuire un gâteau au chocolat que nous devions apporter à ma grand-tante (elle se trouvait trop vieille pour venir partager avec nous le réveillon de Noël).
15 Je venais de jeter un coup d'œil dans le four, de constater que mon gâteau gonflait superbement, et je mettais le chocolat à fondre dans une casserole quand le téléphone sonna.

Aujourd'hui, rien que le mot « chocolat » me soulève le cœur et, pendant longtemps, je n'ai pas supporté la sonnerie du télé-
20 phone.

Mon père et mon frère regardaient la télé, ma mère était occupée je ne sais où, je décrochai.

– Allô…

Une voix d'homme, un peu bafouillante, du genre qui a trop
25 arrosé son réveillon et n'a pas fini de cuver son vin.

---

un coup affreux un choc terrible – **2 aller jusqu'au bout** terminer – **3 ne plus être capable de** *ici :* ne plus avoir la force de – **5 jaunir** devenir jaune – **5 une malle** Truhe – **6 un coffret en bois** Holzkiste – **7 une valise d'osier** Koffer aus Weidenholz – **8 un placard** Schrank – **8 un grenier** partie de la maison sous le toit – **8 au fond de la mémoire de la maison** *ici :* avec les souvenirs qu'on aimerait oublier – **10 pareil, pareille** semblable, *ici :* si importante – **13 partager qc avec qn** *ici :* passer, fêter (le réveillon) avec qn – **13 le réveillon de Noël** la soirée avant Noël – **15 jeter un coup d'œil** regarder rapidement – **15 un four** Backofen – **15 constater** remarquer, observer – **16 gonfler** devenir plus gros – **17 fondre** → la fondue – **18 soulever le cœur à qn** dégoûter (jdm ist von etw übel) – **19 supporter** tolérer, accepter (leiden) – **21 être occupé à faire qc** avoir qc à faire – **22 décrocher** répondre au téléphone – **24 bafouillant** embarrassé, confus – **25 arroser (un événement)** *fam* boire de l'alcool pour fêter un événement – **25 cuver son vin** *fam* se reposer après avoir trop bu

– Oui… je suis bien chez… (un silence. D'après le bruit, il semble fouiller dans des papiers)… chez Blestin, Jean-Paul Blestin ?

– Oui, je vous le pass…

5 La voix m'interrompit :

– C'est pour savoir ce qu'on doit faire des corps.

J'entendis un brouhaha, puis on raccrocha.

– Qu'est-ce que c'était ? demanda ma mère en entrant dans la cuisine.

10 – Rien. Une blague. Un mec saoul.

Quelques minutes passèrent (je suis incapable de me dire combien), et le téléphone sonna de nouveau. Cette fois ma mère décrocha.

Elle eut d'abord un air un peu agacé, puis son visage changea, 15 sa bouche s'ouvrit, elle devint toute pâle.

Pendant longtemps, elle ne prononça pas un mot, et puis enfin, elle souffla dans le téléphone :

– Comment ?… Non ! Je vous demande de quelle façon !

– …

20 – S'il vous plaît, vous devez… Comment cela ? Pourquoi est-ce que vous ne pourriez pas le dire ? Mais c'est invraisemblable !

– …

– Nous arrivons. Oui, deux heures, il nous faut deux heures.

25 Voilà que maintenant elle s'essuyait les joues, les larmes qui coulaient sur ses joues. J'étais sidérée :

– Ce n'était pas le même type que tout à l'heure ?

– Si. Enfin non. Il s'excuse pour son collègue… C'est la gendarmerie de Saint-Jean…

30 – Il se passe quelque chose ? interrogea mon père en entrant.

– Ils ont retrouvé Pilou et Mamie… Morts.

Mon père resta bouche bée. Au bout d'un instant, comme s'il n'arrivait pas à se rendre à l'évidence, il insista :

---

2 **fouiller** chercher qc – 4 **passer qn à qn** *au téléphone :* jdn für jdn an den Hörer holen – 6 **un corps** *ici :* Leiche – 7 **un brouhaha** un grand bruit – 7 **raccrocher** ≠ décrocher – 10 **saoul** *fam* betrunken – 11 **incapable** ≠ capable – 14 **eut** *passé simple* d' avoir – 14 **avoir un air** + *adj* scheinen, aussehen – 14 **agacé** énervé – 15 **pâle** blass – 16 **prononcer** exprimer, dire – 17 **souffler** *ici :* dire à voix basse – 21 **invraisemblable** impossible à croire – 25 **s'essuyer les joues** sich die Wangen abwischen – 25 **une larme** Träne – 26 **sidéré** très surpris – 31 **mort** → la mort – 32 **rester bouche bée** rester la bouche ouverte (de surprise) – 32 **un instant** un moment – 33 **arriver à** réussir à – 33 **se rendre à l'évidence** *f* accepter que qc est vrai – 33 **insister** *ici :* hartnäckig nachfragen

– Mes parents ?
Maman répondit que oui.
– Tous… tous les deux ?
Maman fit encore un signe de la tête.
5   Il m'apparut alors clairement que le premier coup de téléphone n'était pas une blague, seulement une gaffe d'un gen-
darme pas très clair. Il me vint une horrible envie de vomir.
    – Comment ? demanda mon père en enflant la voix comme
s'il nous rendait responsables de ce mauvais coup. Comment
10 sont-ils morts ? Asphyxiés ? Un accident de voiture ?
    – Je ne sais pas…
    Mon père se mit franchement en colère, mais je crois que
c'était juste une réaction au choc qu'il venait de ressentir :
    – Tu ne leur as même pas demandé ? cria-t-il.
15   Contrairement à ce qu'on aurait pu croire, son ton excédé
rendit un peu de calme à ma mère. Elle cessa de pleurer, respira
profondément et, sans regarder mon père, elle soupira :
    – Ils n'ont pas voulu me le dire au téléphone.
    – Pas voulu le dire ? Qu'est-ce que c'est que cette histoire ?
20   – Ils ne comprennent pas. Ils ne peuvent pas expliquer. Ils
veulent que nous allions là-bas.

    Mon frère Armel accompagna mes parents à Saint-Jean. Moi,
je n'en eus pas le droit : j'étais soi-disant trop jeune. Quinze
ans, ce n'est pas jeune mais, pour une fois, je n'ai pas protesté :
25 je n'avais aucune envie de voir mes grands-parents morts,
surtout dans ces circonstances aussi obscures.
    J'ai donc appris la suite par Armel. On ne connaissait pas
vraiment la raison de la mort de mes grands-parents ; on pouvait indiquer qu'ils paraissaient s'être tous deux noyés.
30   Noyés dans vingt centimètres d'eau ! Fou ! Ahurissant ! Idiot !
    Et le plus stupéfiant n'était pas là : ils étaient morts à cent
mètres de leur maison, en pleine nuit de Noël. La dinde était

---

4 **fit** *passé simple de* faire – 4 **un signe** *ici :* un geste – 5 **il m'apparut** *passé simple d'* apparaître ; *ici :* j'ai compris – 6 **une gaffe** un faux pas (Schnitzer) – 7 **vint** *passé simple de* venir – 7 **envie de vomir** Übelkeit, Ablehnung – 8 **enfler la voix** parler de plus en plus fort – 10 **s'asphyxier** ersticken – 12 **mit** *passé simple de* mettre – 12 **franchement** vraiment – 15 **excédé** énervé, stressé – 16 **cesser** arrêter – 16 **respirer profondément** tief Luft holen – 17 **soupirer** seufzen – 23 **le droit** la permission – 23 **soi-disant** angeblich – 26 **dans ces circonstances** *fpl* unter diesen Umständen – 27 **la suite** → suivre (Fortsetzung) – 29 **indiquer** *ici :* dire – 29 **paraître** sembler (scheinen) – 29 **se noyer** ertrinken – 30 **ahurissant** surprenant → surprise – 31 **stupéfiant** surprenant – 32 **une dinde** Truthahn

encore sur la table, une grande fourchette plantée dedans, le couteau à viande gisant à côté. Il fallait se rendre à cette évidence : ils s'étaient interrompus en plein réveillon et, au lieu de couper la dinde, ils étaient sortis, sans mettre de manteau, pour
5 aller se noyer dans un ruisseau qui n'a jamais plus de vingt centimètres d'eau.

– Qu'une personne se noie accidentellement, avaient remarqué les gendarmes, passe encore (elle peut trébucher, s'évanouir dans l'eau), mais deux, c'est trop.
10 Alors, ils avaient demandé à papa si ses parents étaient dépressifs. Mais non ! Bien sûr que non !

S'ils se sentaient seuls en cette nuit de Noël ?

Là, il était impossible de répondre pour eux, toutefois, nous leur avions proposé sans succès de venir réveillonner avec
15 nous, puisque nous ne pouvions pas quitter la maison : ma mère était d'astreinte, c'est-à-dire qu'elle était tenue de rester chez elle pour qu'on puisse la joindre d'urgence s'il y avait un cas grave à opérer dans la nuit. (Il faut préciser que ma mère est chirurgien).
20 Pilou et Mamie n'avaient pas voulu venir. Même pas si on allait les chercher chez eux : « Vous n'allez pas faire quatre heures de voiture aller et retour, rien que pour nous ! » Ils avaient ajouté que, si par hasard il nous arrivait quelque chose sur la route, ils ne pourraient jamais se le pardonner. Non, ils passe-
25 raient Noël tout seuls, cela ne posait aucun problème. Surtout, qu'on ne s'inquiète pas, ils se cuiraient une grosse dinde pour eux deux et les restes feraient le bonheur des chiens du coin.

– J'aurais dû insister, répétait mon père.

Ma mère essayait de le calmer :
30 – C'est toujours facile, après coup, de savoir ce qu'il fallait faire. Imagine qu'ils soient venus, et que se soit produite une autre catastrophe (que la maison ait explosé, qu'on ait eu un accident, ou n'importe quoi) tu aurais aussi regretté d'avoir insisté pour qu'ils viennent. Ce qui est fait est fait. Disons que
35 c'est le destin.

---

2 **gisant** *participe présent de* gésir ; *litt* être couché, étendu (sans mouvement) – 3 **au lieu de** à la place de – 5 **un ruisseau** une petite rivière – 8 **passer encore** *ici* : d'accord, okay – 8 **trébucher** faire un faux pas (Schritt) – 8 **s'évanouir** perdre conscience (Bewusstsein) – 13 **toutefois** pourtant – 16 **être d'astreinte** *f* unter ärztlicher Anordnung stehen – 16 **c'est-à-dire** cela veut dire – 17 **joindre** *ici* : contacter – 17 **d'urgence** tout de suite – 18 **préciser** ajouter – 23 **par hasard** par accident – 26 **cuire** préparer, cuisiner (→ cuisine) – 30 **après coup** plus tard – 33 **n'importe quoi** irgendetwas – 35 **le destin** ce qui doit arriver (→ *anglais :* destiny)

– Le destin d'aller mourir en pleine nuit, dans un ruisseau, à deux pas de chez eux ?

D'après Armel, l'atmosphère quand ils étaient revenus dans la voiture était intenable. Mon père n'avait pas arrêté de ressasser
5 ce qu'il avait expliqué aux gendarmes, comme pour bien s'en persuader : oui, ses parents se portaient bien, non, ils n'étaient ni fous ni dépressifs. Une dispute qui avait mal tourné ? Quelle idiotie ! Ces gendarmes étaient tarés ! (Mon père utilisait rarement ce genre de vocabulaire, ce qui révélait donc chez lui une
10 grande colère, ou une grande perturbation.) Ses parents avaient fêté leurs cinquante ans de mariage, et ils ne s'étaient pratiquement jamais disputés de leur vie ! Il y avait même entre eux une remarquable entente.

– Disons plutôt, avait rectifié ma mère, un grand respect
15 mutuel.

C'était vrai : sans qu'on sache s'ils étaient réellement toujours d'accord entre eux, nos grands-parents donnaient l'impression de prendre bien garde à ne rien faire qui puisse blesser l'autre. Non, ils ne s'étaient pas disputés. D'ailleurs, on ne voyait pas en
20 quoi cela aurait résolu le problème : on ne va pas, de colère, se suicider dans vingt centimètres d'eau !

Et puis, jamais mes grands-parents n'auraient fait une chose pareille. D'abord parce qu'ils n'avaient aucune raison pour cela, ensuite parce que, étant très croyants, ils restaient persuadés
25 non seulement que l'homme n'a pas le droit d'attenter à une vie que Dieu lui a donnée, mais qu'un suicide lui ferme définitivement les portes du paradis.

Pilou et Mamie étaient sûrs que le paradis existait. Moi, jusque-là, je n'y avais jamais cru mais, à cet instant, j'aurais voulu
30 qu'il existe, pour qu'ils y soient tous les deux.

Ensuite, le silence s'était abattu sur la maison, chacun retournait dans sa tête cette effrayante affaire, sans y trouver aucune explication. C'est alors que j'entendis une phrase prononcée par papa, à un moment où il se croyait seul avec maman :

4 **intenable** insupportable (unerträglich) – 4 **ressasser** se répéter sans arrêt la même chose – 6 **persuader** überzeugen – 6 **se porter bien** aller bien – 7 **mal tourner** mal se finir – 8 **taré** *fam* fou – 9 **révéler** montrer – 10 **une perturbation** un trouble, une inquiétude – 13 **remarquable** *ici :* très bonne – 13 **l'entente** *f* quand deux personnes se comprennent – 14 **rectifier** corriger – 15 **mutuel, mutuelle** l'un envers l'autre – 18 **prendre garde à** faire attention à – 18 **blesser qn** faire du mal à qn – 19 **d'ailleurs** übrigens – 20 **résoudre (un problème)** trouver une solution – 24 **croyant** qui croit en Dieu – 25 **attenter à sa vie** essayer de se suicider – 31 **s'abattre sur** tomber sur – 31 **retourner qc (dans sa tête)** réfléchir à toutes les possibilités – 32 **effrayant** horrible

– Mon père ne voulait pas. Il ne voulait pas revenir vivre dans cette maison.

– Parce que c'était la maison de sa femme, de ses beaux-parents, et qu'il aurait eu l'impression de ne pas être chez lui.

5 – Non, il paraissait inquiet à l'idée d'y habiter. Il a cédé parce que ma mère y tenait et qu'elle ne pouvait plus supporter de vivre en ville.

– Il avait peur de s'ennuyer, sans doute…

Mon père s'était tu un moment, puis il avait déclaré d'une 10 voix sourde :

– Je crois plutôt qu'il avait l'impression qu'elle portait malheur.

---

5 **céder** accepter (nachgeben) – 6 **tenir à** vouloir absolument – 8 **sans doute** sûre-ment – 9 **tu** *participe passé de* se taire (ne rien dire) – 10 **sourd** *ici :* ≠ qu'on entend bien et clairement (*voix :* erstickt, dumpf) – 11 **porter malheur** ≠ apporter la chance

Quelle vérité ?

C'est cette nuit-là que, pour la première fois, j'ai fait le rêve du gâteau. Ce gâteau gonfle, gonfle, il est badigeonné de boue. Je me penche sur lui pour le surveiller, et alors il m'explose à la figure.

5 Ce rêve me terrifie et, depuis cette première fois, il est revenu souvent. Je n'en ai pas parlé à mes parents, ils croiraient indispensable de m'envoyer voir un psy. Je ne veux pas y aller, je ne vois pas ce qu'un psy pourrait pour moi ; seul le temps sera sans doute capable d'effacer les marques.

10 Les jours passèrent dans une sorte d'abattement. L'enquête de police n'avait apporté aucun éclaircissement. D'après l'autopsie, Élise et René Blestin étaient bien morts noyés, puisqu'on avait trouvé de l'eau dans leurs poumons. Rien ne prouvait qu'ils aient été attaqués : ils ne portaient aucune trace
15 de coup ni de violence, et on n'avait apparemment rien volé chez eux. L'argent était toujours dans le tiroir du buffet, et ma grand-mère portait encore sur elle son collier de perles, celui qu'elle mettait dans les grandes occasions (Noël en était évidemment une).

20 La police optait pour un suicide – en convenant pourtant que c'était bizarre. Nous, on était sûrs que non, mais on n'avait aucun moyen de le prouver, ni aucune autre explication à proposer. Tout le voisinage avait été interrogé ; personne n'avait rien vu, rien entendu. Seul le voisin le plus proche s'était sou-
25 venu d'avoir cette nuit-là perçu un cri, et d'avoir conclu qu'il s'agissait d'une chouette.

Ce témoignage avait orienté la police vers une nouvelle version : mes grands-parents ne s'étaient peut-être pas « noyés » ensemble. Ma grand-mère serait allée se jeter dans le ruisseau
30 (« se jeter », quand on connaît le ruisseau, paraissait franche-

---

2 **être badigeonné de boue** mit einem schlammartigen Guss bedeckt – 3 **se pencher sur** sich beugen über – 3 **surveiller** faire attention à – 4 **la figure** le visage – 5 **terrifier qn** faire peur à qn – 6 **indispensable** absolument nécessaire – 7 **un psy(chologue)** – 9 **effacer les marques** faire oublier les mauvais souvenirs – 10 **un abattement** *ici :* une grande fatigue, une dépression (Mattigkeit) – 10 **une enquête** une recherche, une investigation – 11 **un éclaircissement** une explication – 13 **les poumons** *mpl* Lunge – 15 **apparemment** vraisemblablement (offenbar) – 17 **un collier de perle** Perlenkette – 18 **une grande occasion** une fête, un grand événement – 20 **opter pour** *ici :* dire que – 20 **convenir** *ici :* avouer – 24 **proche** ≠ éloigné – 25 **percevoir** entendre – 25 **un cri** → crier – 25 **conclure** *ici :* penser finalement – 26 **s'agir de** sich handeln um – 27 **un témoignage** (Zeugen)aussage – 30 **franchement** vraiment

ment grandiloquent). Mon grand-père, s'inquiétant de ne pas la voir revenir, serait parti à sa recherche (il tenait une lampe électrique à la main). Il l'aurait découverte morte et se serait noyé de chagrin.

5 Pour nous, c'était du mauvais polar, imaginé par des gens qui ne connaissaient pas Élise et René Blestin.

On arriva à Pâques clopin-clopant ; je veux dire que personne ne s'était remis de cette affaire. Si Pilou et Mamie avaient été victimes d'une mort explicable, on aurait pu admettre qu'ils
10 aient disparu mais, là, on vivait tous dans une sorte de malaise profond. Mes parents évitaient désormais de parler, de peur sans doute de nous transmettre leurs angoisses.

L'angoisse, elle ne me quittait guère, surtout depuis que j'avais entendu dire par mon père que mon grand-père « avait
15 l'impression que la maison portait malheur ».

Les vacances de printemps et le soleil qui revenait nous secouèrent un peu, et décidèrent mes parents à tenter quelque chose pour se changer les idées. Pourquoi pas un voyage ? Quitter ces murs pendant un moment pouvait nous aider à respirer
20 mieux. Ils cherchèrent la destination qui leur semblait offrir le plus grand dépaysement, et nous proposèrent le Népal.

Armel, qui était cette année-là étudiant en histoire (mais qui faisait essentiellement de la musique, il faut bien le reconnaître), déclara que c'était impossible : il jouait avec son groupe de
25 jazz deux fois par semaine dans un bar en ville, et il ne pouvait lâcher les copains comme ça, sans personne pour le remplacer à la basse.

Moi, je m'étais inscrite à un stage de danse, et cela me paraissait plus efficace que le Népal : me dépenser physiquement me
30 faisait toujours du bien au moral.

---

1 **grandiloquent** übertrieben, hochtrabend – 1 **s'inquiéter de** → inquiet – 4 **le chagrin** [ʃagʀɛ̃] ≠ la joie (Kummer) – 5 **un polar** *fam* un roman policier – 7 **clopin-clopant** *fam* difficilement (mehr schlecht als recht) – 8 **se remettre de qc** wieder Kräfte sammeln – 9 **admettre** accepter – 10 **un malaise profond** tiefes Unbehagen – 11 **désormais** à partir de ce moment-là – 12 **sans doute** sûrement – 12 **transmettre à qn ses angoisses** [ãgwas] faire passer ses peurs à qn (seine Ängste auf andere übertragen) – 13 **ne ... guère** [nǝgɛʀ] *ici :* presque jamais – 17 **secouer qn** *ici :* réveiller qn (jdn aufrütteln) – 17 **décider qn à faire qc** persuader qn de faire qc – 17 **tenter** essayer – 21 **le dépaysement** le changement (→ changer) – 22 **un, e étudiant, iante** → étudier, les études – 23 **essentiellement** surtout – 23 **reconnaître** *ici :* avouer – 26 **lâcher qn** quitter qn, laisser qn seul – 27 **une basse** une guitare basse – 28 **s'inscrire à** sich anmelden zu – 29 **efficace** qui produit l'effet que l'on en attend (wirksam) – 29 **se dépenser physiquement** sich körperlich verausgaben

Les parents hésitèrent beaucoup, avant de se décider finalement à partir malgré tout, sans nous. Armel leur avait démontré par a + b qu'on était assez grands pour se débrouiller seuls ; il avait quand même vingt ans, et moi quinze !

5 Il fut convenu que nous nous arrangerions pour assurer une présence à la maison chaque matin, entre huit et dix, de manière à pouvoir garder un contact téléphonique. Les parents nous passeraient un coup de fil de temps en temps pour voir si tout allait bien et, étant donné le décalage horaire, c'était la
10 meilleure heure pour eux et pour nous.

Maman nous fit mille recommandations, papa nous laissa sa carte bancaire pour être sûr que nous n'aurions aucun problème d'argent, et Armel les emmena à l'aéroport.

Ce n'est qu'à son retour que mon frère me mit au courant de
15 ses véritables projets : son groupe avait signé un contrat pour une tournée de dix jours en Italie. Il n'avait rien dit avant, de peur que les parents se croient obligés de renoncer à un voyage dont ils avaient bien besoin. Évidemment, ça l'embêtait un peu de me planter là mais lui, il était pour la responsabilisation
20 des jeunes, et j'avais grandement l'âge de pouvoir rester un peu seule sans faire de bêtises.

– Le mieux, avait-il cogité, c'est que tu ailles quelques jours chez tante Aline.

– Tu parles ! Je vais m'embêter comme une grenouille dans un
25 tube à essai. Et le téléphone ? Il faut qu'on soit là !

– Tu demandes un transfert d'appel. Quand ça sonne chez toi, l'appel est directement renvoyé au numéro que tu as donné et personne ne s'aperçoit de rien.

---

1 **hésiter** [ezite] ne pas réussir à choisir (zögern) – 3 **se débrouiller** [sədebʀuje] *fam* réussir à faire qc tout seul – 5 **il fut convenu** *forme passive au passé antérieur :* nous avions convenu – 5 **convenir** décider d'un commun accord – 5 **assurer une présence** garantir qu'une personne sera présente – 6 **de manière à** pour – 8 **passer un coup de fil** passer un coup de téléphone – 8 **de temps en temps** parfois (manchmal) – 9 **étant donné** considérant, compte tenu de (in Anbetracht) – 9 **le décalage horaire** la différence de temps entre deux pays – 11 **une recommandation** un conseil – 12 **une carte bancaire** une carte de crédit – 13 **emmener** *ici :* conduire – 14 **mettre qn au courant de qc** informer – 15 **véritable** vrai – 17 **renoncer à** abandonner (verzichten auf) – 18 **évidemment** bien sûr – 18 **embêter qn** *ici :* ennuyer qn (es ist jdm unangenehm) – 19 **planter qn** *fam* laisser qn seul (jdn einfach stehen lassen) – 19 **la responsabilisation** l'action de rendre qn responsable (für Verantwortungsbewusstsein sensibilisieren) – 20 **grandement** largement, tout à fait (vollkommen) – 22 **cogiter** [kɔʒite] *fam* réfléchir – 24 **s'embêter** sich langweilen – 24 **une grenouille** Frosch – 25 **un tube à essai** Reagenzglas

J'étais un peu en colère contre lui mais, avec Armel, il n'y a pas grand-chose à faire : seule la musique compte. Déjà, il a refusé d'entreprendre des études de médecine comme maman, de droit comme papa. On l'a laissé s'inscrire en histoire (« aucun
5 avenir » avait proclamé tante Aline), et il a déjà été collé deux fois à sa première année… Évidemment, aux examens, personne ne l'interroge sur les musiciens de jazz ni sur la tonalité d'un saxo ténor, ils veulent tous savoir ce qu'il a retenu de la stratégie du débarquement ou de la situation des paysans en
10 France de 1428 à 1432 ! Ce qu'ils sont tartes !

Rester seule ne m'effrayait pas le moins du monde : j'adore avoir la maison rien qu'à moi, mais je trouvais que, quand même, il exagérait. J'ai protesté :
– Tu es un sale lâcheur.
15 Lui, bien sûr, il a plaisanté :
– C'est ma force… En tout cas, tu ne dis rien aux parents, hein !
J'ai haussé les épaules. Qu'il aille se faire voir chez les Italiens !

20 Il était parti. La maison était vide, et voilà que soudain je n'étais plus en colère du tout, je me sentais libre… Libre !
C'est formidable d'avoir la maison pour soi seul ! J'avais envie de faire des choses… Fouiller, par exemple. Fouiller où ? Dans le placard où on entassait tous les vieux trucs. Oui, ça faisait long-
25 temps que je n'y avais pas mis le nez.
C'est comme ça que je tombai sur un stock de photos anciennes, où figuraient même mes arrière-grands-parents qui sont morts quand j'étais petite. Je ne me les rappelle pas du tout.

---

1 **(ne) … pas grand-chose** nicht viel – 2 **refuser** ≠ accepter – 3 **entreprendre** *ici :* faire – 4 **le droit** Recht *ici :* Jura – 5 **proclamer** annoncer – 5 **coller (un élève)** *arg scol* faire répéter un examen ou une année (*ici*) à un élève – 7 **une tonalité** Klang – 8 **retenir** *ici :* ≠ oublier – 9 **le débarquement** Landung der Alliierten in der Normandie (1944) – 9 **un, e paysan, anne** un agriculteur – 10 **tarte** *adj fam* bête, ridicule – 11 **effrayer qn** faire peur à qn – 12 **rien qu'à moi** seulement pour moi – 13 **exagérer** *ici :* aller trop loin – 14 **un, e lâcheur, euse** *fam* qn qui laisse les autres seuls quand ils ont des difficultés (→ lâcher) – 15 **plaisanter** dire ou faire qc pour amuser – 16 **la force** → fort – 18 °**hausser** [´ose] les épaules *fpl* lever les épaules – 18 **Qu'il aille se faire voir […] !** *fam* Er soll doch sehen, wo er bleibt […] – 20 **soudain** tout à coup – 22 **formidable** super, génial, fantastique – 22 **pour soi seul** für sich allein – 24 **entasser** mettre l'un sur l'autre – 26 **tomber sur qc** auf etw stoßen – 26 **un stock de** *ici :* plein de – 26 **ancien, ancienne** *ici :* vieux – 27 **figurer** apparaître – 27 **mes arrière-grands-parents** les parents de mes grands-parents – 28 **se rappeler qn** se souvenir de qn (sich an jdn erinnern)

Sur la photo, ils avaient l'air vieux, mais c'était sans doute juste à cause de leur habillement, tellement triste et démodé…

Ils n'étaient sûrement pas très âgés, puisqu'ils tenaient par la main leur fille Élise (ma grand-mère) qui avait l'air d'avoir cinq
5 ou six ans, et qu'ils portaient chacun un bébé dans les bras (mes grands-tantes, des jumelles).

La maison, elle, paraissait plus vieille qu'aujourd'hui, la maison qui « portait malheur ». Mon père avait peut-être lâché ça pour plaisanter mais, sur le moment, ce n'avait pas été mon
10 impression.

J'examinai attentivement la porte, les fenêtres, celle de la salle, celles des chambres, celle du grenier (où on m'avait installé un coin rien que pour moi), celle de la cuisine. C'était une maison ordinaire, un peu différente de celle d'aujourd'hui puisqu'on
15 l'avait retapée récemment. Que mon père ait dit d'elle ce genre de truc m'étonnait d'autant plus. Sans doute sous-entendait-il quelque chose dont je n'avais pas idée. S'y était-il autrefois déroulé un drame ?

Avant même d'avoir conscience de mes propres pensées,
20 j'avais pris une décision : j'irais là-bas. Pour le téléphone, le transfert d'appel ! Armel avait eu une riche idée de me rappeler son existence. Je pourrais répondre normalement au téléphone et tout le monde me croirait ici.

Je ne sais pas si j'ai bien fait. Tout est trop…
25 Et pourtant, je ne regrette rien.

J'ai mis quelques affaires dans un sac de voyage, j'ai fermé le gaz, la porte à clé, et je suis allée prendre le car.

---

2 **juste** seulement – 2 **à cause de** par la faute de (wegen) – 2 **l'habillement** m [abijmã] les vêtements – 2 **démodé** qui n'est plus à la mode – 3 **âgé** vieux – 3 **puisque** [pɥisk(ə)] comme (da) – 6 **un, e jumeau, elle** des enfants nés le même jour de la même mère – 8 **lâcher** ici : exprimer, avouer enfin – 11 **examiner** observer – 11 **attentivement** avec attention – 11 **celui, celle, ceux, celles** jener, jene, jenes – 12 **installer** einrichten – 13 **un coin** Ecke – 14 **ordinaire** normal – 15 **retaper** refaire à neuf, rénover – 15 **récemment** il y a peu de temps – 15 **ce genre de** cette sorte de – 16 **étonner** surprendre (→ surprise) – 16 **d'autant plus** umso mehr – 16 **sous-entendre qc** faire comprendre qc sans le dire – 17 **dont je n'avais pas idée** que je ne pouvais pas imaginer – 17 **autrefois** il y a longtemps – 18 **se dérouler** se passer – 18 **un drame** un événement tragique – 19 **avoir conscience de qc** sich einer Sache bewusst sein – 19 **une pensée** → penser – 21 **une riche idée** une très bonne idée – 26 **fermer le gaz** couper le gaz (das Gas abstellen) – 27 **fermer qc à clé** etw mit Schlüssel abschließen

La maison aux volets bleus

Tout était clos, la maison murée dans le silence derrière ses volets bleus. Je ne pouvais m'attendre à rien d'autre et, pourtant, ce fut un choc : jamais je ne l'avais vue ainsi ! Elle me parut étrangère, presque ennemie.

5 Je jetai un coup d'œil inquiet à droite et à gauche, et me rendis compte pour la première fois que la maison voisine se trouvait à plus de cent mètres, cachée par d'énormes haies, et que la seule autre habitation qu'on apercevait, c'était la ferme de La Grabottine là-bas au loin. On n'en distinguait que le haut du toit.

10 J'examinai de nouveau la façade muette, et j'avoue que je faillis repartir aussitôt. Qu'est-ce qui m'avait pris de revenir ici ?

La seule chose qui me retint, c'est que je n'avais plus un seul car pour rentrer avant le lendemain… et peut-être aussi la honte de ne pas être capable de mener à bien ce que j'avais décidé.

15 Je glissai la main derrière la jardinière où les primevères (auxquelles Mamie apportait tant de soin) étaient mortes de soif, attrapai la clé et ouvris la porte.

Je laissai tomber mon sac sur le sol. La lumière qui filtrait par les volets me parut glaciale. Dans la grande pièce qui servait à la

20 fois de cuisine et de salle à manger, la table me sembla curieusement encombrée. Je poussai un volet.

Oui, le couvert était mis. Il y avait là des assiettes – deux –, un grand plat vide, et puis aussi une bouteille de vin entamée, la carafe d'eau, posée entre de larges plaques rondes et brillantes

25 étalées sur la nappe…

---

un volet Fensterladen – 1 **clos** fermé – 1 **muré** enfermé, isolé – 2 **s'attendre à qc** imaginer – 3 **parut** *passé simple de* paraître ; *ici :* sembler (scheinen) – 4 **ennemi** ≠ ami (feindlich) – 5 **se rendre compte de qc** voir, réaliser – 7 **caché** qu'on ne voit pas – 7 **une °haie** [ɛ] Hecke – 8 **une habitation** → habiter – 8 **apercevoir** remarquer, voir – 8 **une ferme** Bauernhof – 9 **distinguer** *ici :* apercevoir, voir – 10 **examiner** regarder avec attention, observer – 10 **muet** qui ne parle pas – 10 **faillir** + *inf* être prêt à – 11 **aussitôt** tout de suite – 11 **Qu'est-ce qui m'avait pris de revenir ici ?** *ici :* Qu'est-ce qui m'avait poussé/conduit à revenir ici ? – 12 **retint** *passé simple de* retenir – 14 **mener qc à bien** faire qc avec succès – 15 **glisser** *ici :* ausstrecken – 15 **une jardinière** Blumenkasten – 15 **une primevère** Primel – 16 **le soin** → soigner – 16 **attraper** *ici :* greifen nach – 18 **sur le sol** par terre (auf dem Boden) – 18 **filtrer par** passer à travers – 19 **glacial** → glace – 19 **servir de** dienen als – 19 **à la fois** en même temps – 20 **curieusement** → curieux, bizarre – 21 **encombré** plein d'objets – 21 **pousser** *ici :* ouvrir – 22 **le couvert** ensemble des ustensiles nécessaires pour mettre la table (Gedeck) – 23 **entamé** *ici :* commencé – 24 **de larges plaques rondes et brillantes étalées sur la nappe** weite runde glänzende Flecken, die sich auf der Tischdecke ausgebreitet hatten

De la cire. Celle qui avait coulé des bougies !

Je réalisai que ce soir-là, c'était le réveillon, et qu'on n'avait rien touché depuis. La police avait posé les scellés sur la porte pour le temps de l'enquête et, ensuite, mes parents n'avaient
5   plus eu le courage de pénétrer ici.

Je m'appuyai au mur, glissai lentement jusqu'à me retrouver assise sur mes talons, et me mis à sangloter. J'éprouvais soudain dans mon corps le vide : mes grands-parents étaient morts. Morts ! Même les primevères le savaient. Jusque-là, cette
10 idée n'était restée qu'une information terrible, mais voilà que je mesurais vraiment leur absence, et que je ne les reverrais jamais plus.

J'ignore combien de temps passa. Mes larmes s'arrêtèrent doucement. Je n'avais pas honte d'avoir pleuré comme une
15 gamine, puisque personne ne m'avait vue. C'est le regard des autres qui rend tout compliqué. Maintenant, je me sentais mieux.

Il faisait froid, froid et humide. Je savais qu'à la cave, il y avait une grosse chaudière, mais j'ignorais comment elle s'allumait.
20 Et puis, je crois que j'avais un peu peur de remettre la maison en route, j'étais paralysée par l'impression de ne pas en avoir le droit. Je n'étais pas chez moi, mais dans la maison de mes grands-parents. Si j'avais tout remis en marche, c'est comme si j'avais voulu prendre leur place. Je préférais rester l'invitée
25 discrète.

Je commençai par débarrasser la table. Je ne sais pas, j'avais l'intuition que Mamie aurait voulu cela, parce qu'elle aurait eu vraiment honte de voir ce désordre chez elle.

Dans les plats, il n'y avait plus rien : les policiers avaient
30 emporté la dinde pour l'analyser, et sans doute les légumes aussi, et les verres (je venais de remarquer qu'il n'y en avait plus

---

1 **la cire** matière dont est faite une bougie (Wachs) – 2 **réaliser** *ici :* comprendre – 3 **toucher** *ici :* changer de place – 3 **poser les scellés sur la porte** die Tür versiegeln – 5 **pénétrer** *ici :* entrer, revenir – 6 **s'appuyer à** sich (an)lehnen an – 6 **glisser** hinuntergleiten – 7 **un talon** l'arrière du pied (Ferse) – 7 **se mettre à** commencer à – 7 **sangloter** pleurer – 7 **éprouver** ressentir (empfinden) – 10 **mais voilà que je mesurais leur absence** aber da wurde mir ihre Abwesenheit bewusst – 14 **doucement** *ici :* lentement (≠ vite) – 15 **une gamine** *fam* enfant – 15 **puisque** parce que – 15 **un regard** → regarder – 18 **humide** ≠ sec – 19 **une chaudière** → chaud ; un appareil pour chauffer – 19 **s'allumer** se mettre en marche (angehen) – 20 **remettre qc en route** etw in den Alltagsablauf zurückführen – 21 **paralysé** incapable de bouger – 26 **débarrasser la table** ≠ mettre la table – 28 **le désordre** ≠ l'ordre *m*

19

sur la table). Les examens n'avaient rien donné : pas la moindre
trace de poison. Le mystère restait complet.

… Pilou et Mamie étaient assis là, à leur place habituelle.
Pilou venait de planter la grosse fourchette dans la dinde et il
5 entamait la viande, de son couteau bien effilé (je suis sûre qu'il
l'avait aiguisé sur le ciment du rebord de la fenêtre, comme
d'habitude), quand…

Quand quoi ?

Mamie était bien là également, puisqu'on avait relevé des tra-
10 ces de coquilles Saint-Jacques dans son assiette et la marque de
son rouge à lèvres sur son verre.

Pilou coupe la dinde. Soudain il s'arrête. Il sort avec Mamie,
ils vont jusqu'au ruisseau (cent mètres), et ils meurent noyés.

Se répéter le scénario pour la millième fois n'avançait pas à
15 grand-chose. Les deux questions essentielles, auxquelles on
ne trouverait peut-être aucune réponse, étaient : pourquoi
étaient-ils sortis en plein repas ? Comment s'étaient-ils noyés
dans vingt centimètres d'eau ?

Ces questions avaient tourné dans toutes les têtes, celles
20 des policiers, celles des voisins, celles de la famille. Comment
se résoudre à ne pas comprendre ? On pouvait imaginer qu'ils
avaient été dérangés en plein repas par quelqu'un ou quelque
chose. Mais qui ? Quoi ? Pourquoi ?

Quelqu'un avait-il frappé à la porte ? Pilou aurait alors sus-
25 pendu sa découpe pendant que Mamie allait ouvrir.

Je marchai jusqu'à la porte. Je l'ouvris…

Qui Mamie avait-elle vu là ? Un rôdeur qui l'avait agressée ?
Sauf que, dans ce cas, on aurait retrouvé des traces de violence.
Or on n'en avait pas relevé, ni sur Mamie ni sur Pilou. Mamie
30 portait juste un bleu là où son front avait heurté le caillou lors
de sa chute. Personne ne les avait bousculés, personne n'avait
volé quoi que ce soit et, sur la petite neige fine qui était tom-

---

1 **le/la moindre** + *subst* der/die geringste + *subst* – 2 **un mystère** Rätsel – 3 **habi-
tuel** normal, ordinaire – 4 **planter la fourchette dans la dinde** mit der Gabel in den
Truthahn stechen – 5 **entamer** *ici :* couper – 5 **effilé** mince et allongée ; *ici :* tranchant
(scharf) – 6 **aiguiser** rendre tranchant (schärfen) – 6 **comme d'habitude** comme
toujours – 9 **également** aussi – 9 **relever** trouver – 10 **une coquille Saint-Jacques**
Jakobsmuschel – 11 **un rouge à lèvres** Lippenstift – 14 **avancer qn** faire progresser
qn (jdn voranbringen) – 15 **essentiel** *ici :* fondamental, principal – 17 **en plein repas**
pendant le repas – 21 **se résoudre à** se décider à – 22 **déranger** *ici :* interrompre –
24 **frapper à la porte** an die Tür klopfen – 24 **suspendre la découpe** arrêter de couper
la dinde – 27 **un rôdeur** Herumtreiber – 27 **agresser qn** attaquer qn – 29 **or** pourtant – 30 **un bleu** blauer Fleck – 30 **le front** partie du visage au-dessus des yeux
(Stirn) – 30 **heurter** toucher avec un choc – 30 **un caillou** Kieselstein – 30 **lors de
sa chute** en tombant – 31 **bousculer** pousser – 31 **ne … quoi que ce soit** ne …
rien – 32 **la petite neige fine** dünne Schneeschicht aus feinen Flocken

bée pendant la nuit, on n'avait détecté aucune trace de pas, à part les leurs, qui allaient au ruisseau, et ceux de la femme de ménage qui les avait trouvés le lendemain matin.

Non, personne n'avait frappé à la porte. Du moins personne
5 qui ait laissé des traces.

Ou alors, quelqu'un avait crié, près du ruisseau, les y avait attirés…

Mais près du ruisseau, on n'avait retrouvé également que la trace de leurs pas ! Sans compter que cela ne résolvait pas la
10 question : « Comment se noyer, à deux, dans un cours d'eau presque à sec ? »

Ou encore, ils avaient vu quelque chose. En pleine nuit, cela ne pouvait être qu'une lumière, ou un objet lumineux.

Par la fenêtre de derrière, je regardai dehors. Le soir tombait.
15 Une lumière ? De quelle sorte ?

Avant qu'il ne fasse nuit… Oui. Je pris mon courage à deux mains et sortis. Je courus jusqu'au ruisseau, en suivant le chemin qu'ils avaient probablement emprunté.

Le ruisseau, je le connaissais bien : j'y avais souvent capturé
20 des têtards, pour les élever ensuite en aquarium. C'était au temps où je nourrissais une passion pour les batraciens.

Il était encaissé entre deux talus mais, à l'endroit où arrivait le sentier, le talus avait été creusé pour faciliter l'accès à l'eau. En face, de l'autre côté, était aménagé depuis la nuit des temps
25 un espace assez grand, pavé de larges dalles, et où les femmes venaient autrefois laver leur linge. C'était là que le drame s'était déroulé.

---

1 **détecter** découvrir – 1 **un pas** Schritt – 1 **à part** sauf – 2 **une femme de ménage** Putzfrau – 4 **du moins** en tout cas – 7 **attirer** faire venir à soi – 9 **sans compter que** sans considérer que (zumal) – 9 **résolvait** *imparfait de* résoudre (trouver une solution) – 10 **un cours d'eau** *ici :* un ruisseau – 13 **lumineux** qui reflète la lumière – 14 **tomber** *pour le soir/la nuit :* arriver (hereinbrechen) – 18 **emprunter (un chemin)** prendre, suivre – 19 **capturer** attraper – 20 **un têtard** Kaulquappe – 20 **élever** faire grandir (züchten) – 21 **nourrir** *ici :* entretenir (hegen, sich etw hingeben) – 21 **un batracien** Amphibie – 22 **[le ruisseau] était encaissé entre deux talus.** Zwei Böschungen schlossen das Bächlein von beiden Seiten ein. – 23 **un sentier** un petit chemin (Pfad) – 23 **creuser** aushöhlen – 23 **faciliter l'accès à** rendre le passage plus facile – 24 **aménager** arranger (einrichten) – 24 **depuis la nuit des temps** depuis très longtemps – 25 **un espace** une place – 25 **pavé de dalles** mit Bodenplatten gepflastert – 26 **autrefois** il y a longtemps – 26 **laver le linge** Wäsche waschen

D'un bond, je franchis le ruisseau et remontai le talus bordant le lavoir en m'agrippant aux racines d'un arbre. (J'ignore de quelle variété, je n'y connais rien.)

Je ne sais pas ce que j'espérais trouver dans le champ au-dessus. Je le parcourus en examinant le sol avec attention, à la recherche peut-être… de traces de soucoupes volantes. Personne n'en parlait et, pourtant, j'étais persuadée que tout le monde y avait plus ou moins songé, à cause du côté complètement inexplicable de cette mort.

Bon. J'étais sûrement un peu trop conditionnée par la télé. Dans les films, quand un événement ne peut s'expliquer, la solution se trouve souvent du côté des extraterrestres ou des fantômes, aussi je n'affirmerais pas que les autres y avaient pensé aussi. En tout cas, personne n'en dit le moindre mot. Moi non plus d'ailleurs, j'aurais eu trop honte : inutile de passer pour la débile de service qui croit aux contes de fées formule télé vingt et unième siècle.

Je ne découvris rien de suspect – sauf que le ruisseau me parut soudainement menaçant – et le soir tombant m'incita à regagner la maison à toutes jambes.

Je claquai la porte derrière moi et allumai la lumière (une chance, on n'avait pas coupé le courant).

Il faisait froid, franchement froid, surtout à cause de la nuit qui venait et de je ne sais quoi qui me raidissait les épaules et m'empêchait de me décontracter.

Par-dessus mon pull et mon jean, j'enfilai mon survêtement, en me surprenant à prier Dieu (auquel je n'avais jamais cru jusque-là) pour que ce drame ne soit pas l'œuvre d'extraterrestres

---

1 **un bond** un saut (Sprung) – 1 **franchir** traverser – 1 **border** longer (säumen) – 2 **un lavoir** là où on lave le linge – 2 **s'agripper à** se tenir fermement à (sich klammern an) – 2 **une racine** partie de la plante qui est sous terre (Wurzel) – 4 **un champ** Feld – 4 **au-dessus** oberhalb – 5 **parcourir** *ici :* courir à travers – 6 **une soucoupe volante** un objet volant non identifié (UFO) – 8 **songer** *ici :* penser – 10 **conditionner** *ici :* influencer – 12 **un extraterrestre** qn d'une autre planète – 13 **affirmer** dire – 15 **inutile** ≠ utile (*ici :* sinnlos) – 15 **passer pour** être considéré comme (gelten als) – 15 **le débile de service** *fam* l'idiot du village (Depp vom Dienst) – 16 **un conte de fée** Märchen – 16 **formule** à la façon – 18 **suspect** verdächtig – 19 **menaçant** → menace – 19 **inciter qn à** décider qn à – 20 **regagner** retourner à – 20 **à toutes jambes** en courant le plus vite possible – 21 **claquer** fermer la porte avec violence – 22 **le courant** *ici :* l'électricité *f* – 24 **raidir** *ici :* verspannen – 25 **empêcher qn de faire qc** jdn daran hindern etw zu tun – 25 **décontracter** ≠ raidir – 26 **par-dessus** sur – 26 **enfiler** *fam* mettre – 26 **survêtement** Trainingsanzug – 27 **prier Dieu** zu Gott beten – 28 **l'œuvre** *f* l'action *f*, le fait

ou de sorciers car, si c'était le cas, je pourrais bien être visée aussi. Qu'est-ce qui m'avait pris de venir ?

J'avais été assez idiote pour ne pas penser à ça avant de partir : quelque chose de terrible était arrivé à mes grands-parents,
5 et je n'avais pas songé une seule seconde qu'il y avait peut-être là une histoire de famille. Or moi, j'étais de la famille !

Il valait mieux que je raccroche mon esprit à des explications plus rationnelles. Un accident ? Une vengeance ?

Vengeance à la suite d'une erreur sur la personne, alors, parce
10 que je ne voyais vraiment pas qui pouvait en vouloir à mes grands-parents, des gens vraiment gentils et sans problèmes.

Pour ne pas me laisser impressionner par des histoires de malédiction ou de maison hantée, je décidai de fouiller partout, comme le font les policiers quand ils recherchent des indices.
15 Quel genre d'indice ? Je n'en avais aucune idée. Et, en plus, j'avais un peu honte de farfouiller dans des affaires qui n'étaient pas les miennes.

Je me rassurai en songeant que mes grands-parents ne seraient sûrement pas fâchés, car il en fallait beaucoup pour les
20 fâcher, et que peut-être même ils étaient contents que je les aime assez pour ne pas accepter de ne rien comprendre à leur mort.

« Mon père est un type formidable », disait papa en parlant de Pilou. Il avait une véritable vénération pour son père, « si
25 patient, si gentil, toujours aux petits soins pour sa femme et son fils ».

J'ouvris le tiroir du buffet : il y avait là un carnet de chèques (personne n'avait pensé à le mettre en sûreté !), des stylos à bille, des crayons, un bâton de cire à cacheter (qui m'avait tou-

---

1 **un sorcier** une personne qui pratique la magie – 1 **viser** concerner (betreffen) –
7 **valoir mieux** être mieux, préférable – 7 **raccrocher son esprit à qc** *ici* : penser
à – 8 **rationnel** → raison (→ *latin* : ratio) – 8 **une vengeance** Rache – 9 **à la suite
de** après – 10 **en vouloir à qn** vouloir du mal à qn – 12 **impressionner** intimider
(einschüchtern) – 13 **la malédiction** Verwünschung, Fluch – 13 **une maison hantée**
une maison habitée par des fantômes – 13 **fouiller** *ici* : chercher – 14 **un indice** une
trace – 15 **un genre de** une sorte de – 15 **en plus** noch dazu – 16 **farfouiller** fouiller
en laissant un désordre énorme – 18 **se rassurer** se calmer en se disant qc pour ne
plus avoir peur – 19 **fâché** être en colère – 24 **la vénération** le respect, l'adoration *f* –
24 **si** *pour exprimer l'intensité* : aussi (so) – 24 **patient** qui ne s'énerve jamais – 25 **être
aux petits soins pour qn** s'occuper de qn avec beaucoup d'attention – 27 **un carnet de
chèques** Scheckheft – 28 **mettre qc en sûreté** etw in Sicherheit bringen – 28 **un stylo
à bille** Kugelschreiber – 29 **un bâton de cire à cacheter** Wachsstab zum Versiegeln
(von Briefen)

jours paru magique), des porte-clés en nombre considérable, des timbres et le livret de famille.

Je l'ouvris.

Le 6 janvier 1944, René Blestin avait épousé Élise Jugan.

5 Sur la page concernant les enfants, il n'y avait que mon père : Jean-Paul Blestin.

Il était fils unique, et je crois qu'il avait été très gâté, surtout par son père, qui lui passait tous ses caprices (il l'avoue aujourd'hui en riant). Sa mère était plus ferme, et pourtant plus rêveuse.

10 Elle paraissait souvent distraite, fatiguée. À certains moments, racontait mon père, on aurait dit qu'elle ne pensait plus qu'il existait et, à d'autres, elle le serrait fort contre elle, comme si elle risquait de le perdre. Et puis elle s'évanouissait pour un rien, ce qui inquiétait Pilou à chaque fois. Pourtant, après plus de cin-

15 quante ans de mariage, il devait être habitué !

Était-ce cela, qui lui était arrivé ? Elle s'était évanouie et… ?

Mais pourquoi au ruisseau ? Et pourquoi Pilou serait-il mort aussi ?

Je gelais. À l'empilement de vêtements que je portais déjà,

20 j'ajoutai mon blouson et, pour couronner le tout, l'énorme pull irlandais de Pilou. Pilou était grand et costaud ; le pull m'arrivait aux genoux. Je me sentais mieux.

Où coucher ? Pas dans la chambre de mes grands-parents. Impossible. Je montai dans le grenier où on avait aménagé une

25 pièce pour moi quand on avait refait l'étage.

Je me réveillai en sursaut. Quelqu'un frappait. Frappait où ?

Il faisait nuit noire. Nuit comme on n'imagine pas. Lorsqu'on habite en ville, on ne sait rien de la vraie nuit. Sans réverbère, sans enseigne lumineuse, sans la moindre lueur.

---

1 **un porte-clé** Schlüsselanhänger/-ring – 1 **en nombre considérable** en grande quantité – 2 **un timbre** Briefmarke – 2 **un livret de famille** Familienbuch – 4 **épouser qn** se marier avec qn (jdn heiraten) – 5 **concerner** betreffen – 7 **un fils unique** le seul enfant d'une famille – 7 **gâter** *pour un enfant :* le traiter trop gentiment, sans autorité (verwöhnt) – 8 **passer à qn tous ses caprices** jdm alles durchgehen lassen – 9 **ferme** *ici :* autoritaire – 9 **rêveur** qui rêve – 10 **distrait** ≠ concentré, attentif – 12 **serrer fort qn contre soi** jdn umarmen – 13 **s'évanouir** perdre connaissance (bewusstlos werden) – 19 **geler** *ici :* avoir très froid – 19 **un empilement de vêtements** plusieurs vêtements les uns sur les autres – 20 **pour couronner le tout** pour terminer en beauté – 21 **costaud** *fam* fort – 24 **impossible** ≠ possible – 26 **se réveiller en sursaut** se réveiller de façon brusque (aus dem Schlaf hochfahren) – 27 **lorsque** quand – 28 **un réverbère** Straßenlaterne – 29 **une enseigne lumineuse** Leuchtreklame – 29 **une lueur** Licht(schein)

Le cœur battant, je m'assis sur mon lit et j'écoutai. C'était un bruit sourd, régulier, qui paraissait vouloir ébranler la maison.

Je me cachai sous les couvertures et les ramenai loin au-dessus de ma tête. Je ne m'étais pas déshabillée et, pourtant, je
5   grelottais.

Ce fut atroce. Une nuit terrible. Ceux qui frappaient, ils savaient qu'il y avait quelqu'un dans la maison… « Une maison qui porte malheur. » Pourquoi mon père avait-il dit cela, lui qui ne croyait ni aux fantômes ni aux extraterrestres ? Mon Dieu, si
10 vous existez, protégez-moi !

---

1 **le cœur** Herz – 2 **sourd** ≠ clair (dumpf) – 2 **ébranler** erschüttern – 3 **une couverture** → couvrir (Decke) – 3 **ramener** *ici :* tirer (ziehen) – 4 **se déshabiller** ≠ s'habiller – 5 **grelotter** trembler de froid (ou de peur) – 6 **atroce** horrible – 10 **protéger qn** → *anglais :* to protect

Un cri

Téléphone ! Je bondis.

Comme à chaque fois depuis ce drame terrible, la sonnerie me donne des palpitations.

C'est Armel.

5 – Ça va ?

– Oui ça va.

– Bon.

Il ne me demande pas où je suis.

– Bon, ben salut ! Sois prudente et raisonnable !

10 Tu parles ! Quel culot ! Il a déjà raccroché. Des fourmis dans la carte de téléphone, celui-là !

Est-ce que c'est la peine de me faire des frayeurs pareilles, juste pour s'assurer que je suis encore vivante ?

Une telle démarche de la part d'Armel prouve malgré tout qu'il 15 n'a pas très bonne conscience de m'avoir lâchée. S'il savait où je suis, il serait même carrément un peu embêté.

De toute façon, je ne vais pas rester là où je suis. Je vais boucler mon sac en vitesse et…

Boum !… Encore ?

20 J'ignore pourquoi (peut-être parce qu'il y a du soleil dehors), ça me fait moins peur. Je me glisse dans la cuisine, je tends l'oreille vers l'appentis. C'est de là que ça vient. Boum !… J'entrouvre courageusement la porte… Boum ! C'est le volet qui n'est pas accroché.

25 Non mais quelle idiote ! On se croirait dans un film d'horreur. Au début, dans les films d'horreur, quand on entend des bruits, c'est toujours les volets. C'est après que ça se gâte.

Oui, mais on n'est pas dans un film. Dans la réalité, il y a un volet qui claque et rien de plus. Aucun vampire assoiffé de sang ne se 30 jette sur vous. J'espère.

---

1 **bondir** sauter – 3 **donner des palpitations** causer des battements de cœur plus rapides – 9 **bon, ben** [bõbɛ̃] *fam* also, dann – 9 **être prudent** faire attention – 9 **raisonnable** → raison (vernünftig) – 10 **Quel culot !** *fam* Was für eine Frechheit! – 10 **une fourmi** Ameise – 10 **[il a] des fourmis dans la carte de téléphone.** *ici :* Il est pressé de raccrocher. – 12 **être la peine de** être utile de – 12 **une frayeur** une peur – 12 **juste** *adv ici :* seulement – 14 **une démarche** Vorgehen(sweise) – 14 **tel, telle** pareil, de ce genre – 14 **de la part de qn** de qn (ausgehend von) – 16 **carrément** franchement – 17 **de toute façon** wie auch immer – 17 **boucler son sac** fermer son sac ; *fig* se préparer à partir – 18 **en vitesse** → vite – 21 **tendre l'oreille** *f* écouter avec attention – 22 **un appentis** Vordach – 22 **entrouvrir** ouvrir très peu – 23 **accrocher** attacher, fixer – 27 **se gâter** tourner mal – 29 **assoiffé** qui a très soif

Je ne vais tout de même pas fuir un volet bleu, j'aurais l'air de quoi ? Je vais au moins rester jusqu'à demain, pour faire ce que j'avais prévu : aller parler aux voisins.

Les voisins, je ne les connais pas bien, et je suis un peu timide
5 (ce qui n'arrange pas les choses, évidemment), cependant je suis décidée. Je sais pertinemment que si je ne le fais pas, je le regretterai toute ma vie.

D'après la police, la voisine d'à côté n'a rien entendu cette nuit-là, ce qui peut s'expliquer par le fait qu'elle est un peu sourde. Par
10 contre, le fermier de derrière a entendu crier. Indispensable d'aller le voir.

J'enlevai le gros pull irlandais de Pilou, pour ne pas avoir l'air trop nulle, et aussi le survêtement. Avec mon pull, mon jean et mon blouson, je devais avoir assez chaud. Se déshabiller pour sor-
15 tir, c'était tout de même original !

Je me dirigeai lentement vers La Grabottine. Je connaissais bien la ferme car, pendant les vacances, j'allais tous les soirs avec ma grand-mère y chercher le lait.

– Tu porteras le pot pour ne pas fatiguer Mamie, me recomman-
20 dait Pilou.

Ma grand-mère riait :

– Avec René, il faudrait que je passe ma journée assise à ne rien faire, pour ne pas risquer de m'épuiser.

Je trouvais qu'elle avait quand même de la chance d'avoir un
25 mari aussi gentil. Papa disait en rigolant que, lui, il était loin d'être aussi bon mari et aussi bon père, mais que c'était sûrement la faute de Dieu, qui n'avait pas souhaité faire de lui un saint : un saint dans une famille, c'était bien suffisant.

Le fermier ne me reconnut pas, et je dus expliquer que je
30 m'appelais Nathanaëlle Blestin, et que j'étais la petite-fille de la maison bleue. Et là, il se mit à secouer la tête, en grattant sa joue mal rasée, et en répétant les mots de malheur et de bizarre, même qu'il n'en avait pas dormi pendant des nuits.

Je lui demandai :
35 – Vous avez entendu quelque chose, cette nuit-là ?

---

1 tout de même quand même – **3 prévoir** *ici* : décider, programmer – **5 arranger les choses** aider – **6 pertinemment** [pɛʀtinamã] exactement – **9 sourd** qui n'entend pas – **10 un fermier** une personne qui a une ferme – **16 se diriger vers** aller vers/chez – **23 s'épuiser** se fatiguer – **27 un saint** [sɛ̃] qui mène une vie exemplaire – **28 suffisant** → suffire – **29 reconnut** *passé simple de* reconnaître – **29 dus** *passé simple de* devoir – **30 une petite-fille** on est la petite-fille de ses grands-parents – **31 secouer la tête** *ici* : bouger la tête dans tous les sens – **31 gratter sa joue mal rasée** sich seine schlecht rasierte Wange kratzen

– Oui… C'est ce que j'ai expliqué aux gendarmes. Vous comprenez, quand on vit seul, une nuit de Noël c'est terrible. Je ne dormais pas. Et alors j'ai entendu un cri… Mais ici, à la campagne, ça n'a rien d'extraordinaire. J'ai pensé à une chouette, ou à un renard, je
5 ne sais quoi. Certains disent que la nuit, il y a des bêtes… enfin des drôles de bêtes qui rôdent. Je ne comprends pas pourquoi René et Élise se sont avisés de sortir dans le noir. Ils n'auraient jamais dû.
– Vous croyez qu'ils auraient été attaqués par une bête ?
– Possible. Il y en a de terrifiantes ! Montures du diable ! Il y a
10 aussi des sortes de lutins…
J'essayai de réagir ; ces histoires-là, c'est dans les livres. Les fées et les lutins, ça fait franchement un peu ringard dans le monde du dehors, et puis cela n'expliquait pas pourquoi mes grands-parents seraient sortis.
15 Le vieux prétendit que si. Les fées appelaient pour attirer les gens dehors, et ensuite elles les faisaient mourir.
Cela justifierait qu'on n'ait trouvé aucune trace de pas… Bon, je préférais éviter les histoires à dormir debout. Pour m'en tenir à du concret, je repris :
20 – Les gendarmes ont dit que vous avez entendu crier, et que c'était sans doute mon grand-père en découvrant ma grand-mère dans le ruisseau.
– J'ai dit ça ? Non. J'ai juste dit que j'avais entendu crier, et qu'à la réflexion, ça pouvait bien être une voix humaine. Après, c'est eux
25 qui ont interprété, mais je trouve que c'est une drôle d'idée, parce que moi, j'ai plutôt eu l'impression d'une voix de femme.
Ma grand-mère ? Elle aurait poussé un cri ? Pourquoi ? Un cri si fort qu'il se serait entendu d'ici ?
– Quelle… Quelle sorte de cri ?
30 – Un cri terrible. Oui, terrible.
Je me sentis à moitié angoissée. Pourquoi une femme aussi calme se mettrait-elle soudain à hurler, sinon de terreur ?

---

4 **qc d'extraordinaire** *m* etw Außergewöhnliches – 4 **un renard** Fuchs – 5 **une bête** un animal – 5 **enfin** [ãfɛ̃] *ici : pour préciser ou se corriger :* ou plutôt – 6 **drôle de bizarre** – 6 **rôder** → un rôdeur – 7 **s'aviser de** se décider à – 9 **terrifiant** qui fait peur – 9 **Monture du diable !** *ici :* Teufelsbrut ! – 10 **un lutin** un petit démon espiègle qui apparaît surtout la nuit (Kobold) – 12 **ringard** [ʀɛ̃gaʀ] démodé, vieux – 17 **justifier** *ici :* expliquer, montrer que – 18 **une histoire à dormir debout** une histoire inimaginable, improbable – 18 **s'en tenir à du concret** respecter les faits (bei den Tatsachen bleiben) – 19 **reprendre** *ici :* continuer la conversation – 24 **une réflexion** → réfléchir – 24 **humain, humaine** [ymɛ̃, ymɛn] d'homme (menschlich) – 31 **à moitié** en partie, un peu – 31 **angoissé** [ãgwase] extrêmement inquiet – 31 **Pourquoi … sinon de terreur ?** Pour quelle autre raison … que d'une terrible peur ? – 32 °**hurler** [ˈyʀle] crier très fort

– Peut-être en découvrant son mari mort, supputa le fermier.

Je ne répondis pas. On avait retrouvé Pilou avec le bras autour des épaules de Mamie, il était donc tombé après.

Ce cri m'avait fait une impression atroce. Jusque-là, avec mes
5 parents, nous avions cru qu'il s'agissait d'une violente exclamation que Pilou avait poussée en découvrant Mamie dans le ruisseau. Et voilà qu'il prenait une toute autre valeur.

En revenant vers la maison, je songeai à ce vieux fermier solitaire. Est-ce qu'il n'avait pas inventé ? N'était-ce pas lui qui avait
10 crié et attiré mes grands-parents là-bas ? Pour aller chez lui, ils auraient donc coupé au plus court, et passé le ruisseau. Mamie n'aurait pas réussi à sauter, elle serait tombée...

Seulement, Pilou aurait été avec elle et, même si elle s'était assommée sur une pierre, il ne lui aurait pas laissé le temps de
15 se noyer. Tout restait toujours aussi incompréhensible sauf que, maintenant, j'avais l'impression que ma grand-mère avait vu, ou subi, ou entendu, quelque chose de terrifiant.

« Mes parents, disait papa, je ne les ai jamais entendus se disputer. En cinquante ans de vie commune, c'est remarquable, non ? »
20 Et si, ce soir-là, ils s'étaient disputés pour la première fois ? Mamie aurait quitté la maison, furieuse, et eu cet accident au ruisseau ?

Moi, quand je suis en colère, je vais dans ma chambre et je claque la porte. Est-ce que Mamie pouvait agir plus violemment que
25 moi ? À son âge ? Comment Pilou aurait-il pu la fâcher à ce point ?

Les connaissant, je n'arrivais pas à croire à cette version.

Je passai le reste de la journée à faire quelques courses à l'épicerie, un peu de cuisine, et à fouiller dans le bureau de Pilou, mais je ne trouvai rien qui puisse m'aider. Il y avait bien sûr plein
30 de lettres de plein de gens et, sincèrement, je ne me voyais pas lire tout ça. D'autant que celles que je parcourus rapidement me parurent vraiment sans intérêt... et qu'en plus c'était très indiscret.

---

1 **supputer** supposer – 2 **autour de** um … herum – 5 **violent** → la violence – 5 **pousser une exclamation** crier (Ausruf) – 7 **prendre une toute autre valeur** recevoir une signification complètement différente – 8 **solitaire** seul – 11 **couper au plus court** prendre le chemin le plus court – 13 **s'assommer sur une pierre** sich an einem Stein den Kopf anstoßen – 15 **incompréhensible** qu'on ne peut pas comprendre – 17 **subir qc** etw erleiden – 19 **commun** ici : à deux – 21 **furieux** très en colère – 24 **agir** ici : se comporter (sich verhalten) – 25 **à ce point** autant, comme ça (so sehr, bis zu diesem Ausmaß) – 29 **plein de** ici : beaucoup de – 30 **sincèrement** → sincère, qui dit ce qu'il pense vraiment – 30 **je ne me voyais pas** ici : je ne m'imaginais pas – 31 **d'autant que** zumal, da – 31 **parcourir** ici : lire (überfliegen) – 31 **parurent** passé simple de paraître

Il y avait des lettres de la sœur de Pilou, de mon père, et même de moi quand j'étais en colo. Celles-là, je me suis permis de les lire. Pas terrible. Du genre « Il fait beau et je m'amuse bien ». Je vous passe les fautes d'orthographe.

5 Après, malgré mes scrupules, j'ai jeté un coup d'œil au reste du courrier. Quelle enfilade de banalités ! Avec parfois un Jules qui avait la grippe, une Simone qui était avec eux par la pensée, une Marguerite qui avait pris son premier bain de mer.

J'allai me coucher frigorifiée, sans m'être lavée, même pas 10 les dents. Je comprenais soudain pourquoi les gens d'autrefois n'avaient pas une hygiène fantastique : sans chauffage, sans eau chaude à la douche, sans même de douche ni de lavabo, se laver requérait une vraie force de caractère. Frileuse comme je suis, je suis sûre que si j'avais vécu dans ces temps reculés, j'aurais sûre-
15 ment été un peu crado.

Cette nuit-là – on pourrait en rire ou en pleurer, au choix – il n'y eut pas de coups. Il y eut un sifflement. Fantôme siffleur… vous voyez le genre. Je me parlais de cette façon pour ne pas m'avouer que j'avais peur. L'affaire du fantôme cogneur m'avait rendue 20 assez ridicule à mes propres yeux pour que je lutte contre la panique.

Le sifflement dura toute la nuit, et je tentai de me rassurer en songeant que c'était le vent, dans le grenier. À quel endroit pouvait-il provoquer un tel chuintement ? Je ne sais pas si la maison 25 « portait malheur », mais elle s'y connaissait pour flanquer la trouille.

Ce qui faisait ce bruit, je le découvris le lendemain matin. Et c'est à cause de ça que tout bascula.

2 une colo *fam abréviation de « colonie » :* un centre de vacances – **3 pas terrible** *fam* pas super (nicht sehr eindrucksvoll) – **4 Je vous passe les fautes.** Je laisse les fautes de côté. (ersparen) – **5 un scrupule** *ici :* une raison qui empêche de faire qc (Skrupel, Einwände) – **6 le courrier** *ici :* l'ensemble des lettres et des cartes reçues – **6 une enfilade** une série d'objets ou d'idées qui se suivent (Aneinanderreihung) – **6 une banalité** *ici :* un propos sans originalité (→ banal) – **6 parfois** de temps en temps (manchmal) – **8 un bain** → se baigner – **9 frigorifié** gelé, qui a très froid – **9 même pas** (noch) nicht einmal – **10 une dent** Zahn – **11 un chauffage** un appareil qui chauffe – **12 sans même** sogar ohne – **12 un lavabo** on s'y lave les mains (Waschbecken) – **13 requérir** exiger, demander (verlangen) – **13 frileux** qui est sensible au froid – **14 les temps reculés** il y a longtemps – **15 crado** *fam abréviation de « crade » :* très sale – **16 au choix** à choisir – **17 un sifflement** Pfeifen – **17 siffleur** qui siffle (→ un sifflement) – **17 Vous voyez le genre.** Vous voyez/comprenez ce que je veux dire. – **19 un cogneur** [kɔɲœʀ] *fam* qui frappe – **20 ridicule** dont on peut se moquer (lächerlich) – **20 lutter contre** se défendre contre (gegen etw ankämpfen) – **22 durer** continuer (dauern) – **22 tenter de** essayer de – **24 un chuintement** [ʃɥɛ̃tmɑ̃] un sifflement – **25 flanquer la trouille** [tʀuj] *fam* faire peur – **28 basculer** changer d'une façon définitive (umkippen)

Tiens tiens !

Au matin, je renfilai le pull de Pilou. Je me moquais bien de l'allure que je pouvais avoir dans cet accoutrement, je crois même que ça me faisait plaisir d'être affreuse. Le sifflement était toujours là, ce qui signifiait simplement (j'étais fière de mon sang-froid) que le vent soufflait toujours de la même direction. Quelquefois, il suffit d'exprimer les choses simplement pour qu'elles perdent toute charge d'angoisse.

Je n'eus pas franchement peur en pénétrant dans le grenier : serais-je plus courageuse que je ne le croyais ? Je restai un moment immobile, à écouter. Le sifflement venait de ma droite, du côté de la lucarne. Je m'approchai sur la pointe des pieds, comme pour ne pas déranger le vent, et tendis l'oreille. C'était par là… Là ! Entre le montant de la lucarne et la solive du toit. Oui, il y avait quelque chose… Un morceau de carton.

Je tentai vainement de le saisir entre mes ongles. Je dus descendre à la salle de bain pour chercher une pince à épiler, et réussis enfin à l'extirper.

Ce n'était pas un morceau de carton ordinaire, c'était une photo. Bien abîmée par les intempéries. Elle devait être coincée là depuis des années. On y voyait un homme, plutôt jeune (encore que, comme je l'ai déjà dit, sur les photos d'autrefois, les gens paraissent toujours plus que leur âge). À bien y regarder, il n'était pas mal. Mince, avec un visage un peu anguleux. Il portait un pull court et étroit – sûrement la mode à l'époque – et une sorte de pantalon très seyant, dont le bas était mangé… par la moisissure de la photo.

---

1 **renfiler** remettre – 2 **l'allure** *f* *ici* : l'aspect *m*, l'apparence *f* – 2 **un accoutrement** une façon étrange de s'habiller – 3 **affreux** horrible, laid – 5 **le sang-froid** capacité à rester calme, à ne pas s'énerver – 7 **une charge d'angoisse** *ici* : association négative qui cause la peur (Angstbesetzung, Grund für Beängstigung) – 10 **immobile** [im(m)ɔbil] sans bouger, sans mouvement – 11 **une lucarne** petite fenêtre dans le toit d'une maison pour laisser entrer de la lumière dans un grenier – 11 **la pointe des pieds** ≠ le talon – 12 **déranger qn** *ici* : ennuyer qn, embêter qn – 13 **un montant** *ici* : Pfosten, Verstrebung – 13 **une solive** Balken – 14 **un morceau** une partie, un fragment – 15 **vainement** sans succès – 15 **saisir qc entre ses ongles** etw mit den Fingernägeln ergreifen – 16 **une pince à épiler** Pinzette – 17 **extirper** enlever, sortir – 19 **abîmé** détérioré (beschädigt) – 19 **les intempéries** *fpl* le mauvais temps – 19 **coincer** fixer, bloquer (einklemmen) – 21 **encore que** *litt* bien que (obwohl) – 23 **mince** ≠ gros – 23 **anguleux** *pour un visage* : qui présente des angles vifs ≠ rond, ovale (ein eckiges Gesicht) – 24 **étroit** [etʀwa] ≠ large – 24 **à l'époque** en ce temps-là – 25 **seyant** qui va bien, qui donne un aspect agréable à la personne qui le porte (gut sitzend) – 26 **la moisissure** Schimmel

Il paraissait gai. Les mains dans les poches, il riait. J'essayai
de me représenter la tête qu'il pourrait avoir aujourd'hui, plus
âgé, pour tenter de déterminer si c'était quelqu'un de la famille.
Mais, sauf erreur de ma part, je ne le connaissais pas.

5 En temps normal, il ne m'aurait pas paru important de savoir
de qui il s'agissait. Là, en ces jours pénibles, trouver la photo d'un
inconnu coincée dans le montant de la lucarne m'intrigua.

Parce que (qu'on ne me raconte pas d'histoires) elle n'était
pas arrivée là toute seule ! Quelqu'un l'avait cachée, soigneu-
10 sement cachée, et j'aurais parié que c'était une fille… Bien que
cela me fasse plutôt drôle qu'une fille d'autrefois ait la même
réaction qu'une fille d'aujourd'hui : cacher la photo de son
copain (enfin de son amoureux comme disent les vieux), pour
que les parents ne la trouvent pas.

15 Alors… C'était l'amoureux de qui ? D'une fille de la maison,
sans doute, mais laquelle ? Ma grand-mère avait cinq sœurs. Je
considérai de nouveau soigneusement la photo. Non, ce n'était
aucun des maris de mes grands-tantes, du moins il me semblait.

20 Prise d'une idée subite, je me précipitai dans le bureau de
Pilou pour fouiller dans les vieilles photos de la boîte en bois.
Je pourrais peut-être retrouver ce garçon, avec d'autres, ce qui
m'aiderait à l'identifier !

Je passai l'heure suivante à étudier les photos, sans jamais
25 apercevoir le type. J'étais tout excitée de surprendre une de
mes tantes en flagrant délit de « copinage »… elles qui me ré-
pétaient que, de leur temps, il n'était pas question de ceci et de
cela. De sortir avec un garçon sans l'accord des parents. Et que
c'était forcément avec le garçon qu'on devait épouser. Et qu'on
30 ne changeait pas, comme aujourd'hui, d'amoureux tous les six
mois, et tati et tata.

D'abord moi, je ne change pas d'amoureux tous les six mois.
Je n'en ai même pas. Bien sûr, il y a eu… Bof ! ce n'est pas la

1 **gai, gaie** [ge, gɛ] de bonne humeur, joyeux (fröhlich, lustig) – 2 **se représenter** s'imaginer – 3 **déterminer** *ici :* découvrir, identifier – 4 **sauf erreur de ma part** wenn ich
mich nicht täusche – 6 **pénible** difficile – 7 **intriguer qn** [ɛ̃tʀige] rendre qn curieux
(jdn neugierig machen) – 9 **soigneusement** avec soin (sorgfältig) – 10 **parier** *ici :*
affirmer (wetten) – 11 **cela me fait drôle** à cette pensée je me sens bizarre – 17 **considérer** *ici :* regarder attentivement, examiner – 20 **subit** [sybi] immédiat – 20 **se pré-
cipiter** courir – 25 **surprendre qn en flagrant délit** jdn auf frischer Tat (in flagranti)
ertappen – 26 **le copinage** *fam péj* Bevorzugung durch Freundschaftsbeziehungen *ici :*
parler avec un garçon – 31 **et tati et tata** *ici :* et ainsi de suite (und so weiter und so
fort) – 33 **ce n'est pas la peine d'en parler** on n'a pas besoin d'en parler

peine d'en parler ; sans intérêt. Et puis moi, finalement, mon souhait serait de trouver un garçon que j'aimerais toute la vie. Peut-être que tout le monde souhaiterait cela, mais ce n'est pas facile à dégoter. Si ça se trouve, il habite en Chine, ou en Australie, celui que je cherche !

Je regardai de nouveau le cliché et réfléchis. Il était également possible qu'une des sœurs Jugan possède la photo d'un garçon dont elle était amoureuse, sans que cela prouve qu'elle sortait avec lui. Ni même que le garçon soit au courant. Ma copine Julie se balade bien avec la photo de Frédéric alors que, lui, l'ignore.

Cette affaire m'éloigna de mes préoccupations et, pendant un moment, je ne me rappelai même plus que j'étais triste. Je mis la photo dans la poche intérieure de mon blouson.

Tiens ! Par exemple, si quelqu'un la trouvait sur moi, il serait persuadé qu'il s'agit là de mon copain. Comme quoi on peut se tromper… Et moi aussi, je me trompais peut-être complètement sur ce qu'était ce type.

Je songeai soudain au vieux fermier. Est-ce que ça pourrait être lui ? J'examinai de nouveau le portrait : le jeune homme ne ressemblait pas à un fermier, plutôt à un étudiant, ou quelque chose de ce genre.

Ça c'était vite dit. Comment savoir ? Il aurait pu beaucoup changer. Oh puis non ! ce n'était pas lui. Le fermier, il avait un regard un peu bizarre, il louchait à moitié. Pas le jeune homme de la photo.

Je repensai au vieux. Est-ce qu'il aurait pu être tellement démoralisé de passer Noël tout seul qu'il aurait crié, dérangé mes grands-parents ? Quelqu'un d'autre, peut-être, aurait pu appeler au secours ? Est-ce que les gendarmes avaient bien interrogé chacun ?

Les gendarmes, ils mènent leur petite enquête, mais on voit bien qu'il ne s'agit pas de leurs grands-parents à eux, c'est pour-

---

4 **dégoter** *fam* trouver – 6 **un cliché** *ici :* une photo(graphie) – 8 **sans que … ni même que** ohne dass… oder auch ; noch (als zweiter Teil von „weder… noch…") – 11 **une préoccupation** un souci, une inquiétude – 15 **Comme quoi on peut se tromper…** Was zeigt, dass man sich täuschen kann – 19 **examiner** regarder attentivement, considérer – 20 **ressembler à qn** jdm ähneln; *ici :* avoir l'air de (so aussehen wie) – 24 **il louchait à moitié** er schielte halb – 27 **démoralisé** quand on n'a plus le moral, pas de courage (entmutigt) – 32 **à eux** *mpl betonte Form zu :* leurs grands-parents

quoi ils s'égarent dans des histoires de dispute, ou de suicide…
des idioties, quoi, quand on connaît René et Élise Blestin.

Je me rappelle que l'hiver où Mamie a attrapé sa pneumonie, Pilou est resté auprès d'elle jour et nuit, sans fermer l'œil
5 une minute. Et quand le docteur a annoncé qu'elle était sau-
vée, il est allé mettre un énorme cierge à l'église, et il a dormi
vingt-quatre heures d'affilée, après s'être assuré que maman
s'occuperait bien de sa femme.

« Mes parents, disait mon père, forment un couple excep-
10 tionnel. »

En fait, je sais qu'il voulait surtout parler de son père, parce
que sa mère était beaucoup plus énigmatique, discrète, toujours un peu souffrante, ce qui obligeait Pilou à se décarcasser
pour lui rendre la vie la plus facile possible.

15 J'en étais là de mes pensées quand le téléphone sonna. Coup
au cœur.

Mes parents !

Ils appelaient du Népal. Ils s'excusaient de téléphoner, parce
qu'ils savaient l'effet que me faisait la sonnerie, mais ils vou-
20 laient avoir des nouvelles. Est-ce que j'allais bien ? Et mon stage
de danse ?

Mince, je l'avais oublié celui-là ! Je répondis que oui.

– On a eu raison de décider ce voyage, reprit maman, tout
va beaucoup mieux. Je regrette que tu ne sois pas avec nous.
25 Ici, tout est tellement différent que ça nous change vraiment
les idées. Et puis, dans ce genre de pays, la mort paraît moins
dramatique. Nous avons assisté à des crémations (tu sais, au
Népal on brûle les morts, comme en Inde). Cela se passe sur
les bords de la rivière sacrée, la Bagmati. Je t'avoue que j'ai eu
30 quand même un peu de mal à supporter… Cet après-midi,
nous allons visiter des temples de Katmandou, enfin, d'autres
temples, parce qu'il y en a partout. C'est très beau. Enfin je ne
peux pas tout te raconter au téléphone.

1 **s'égarer dans** se perdre dans (sich verirren in) – 2 **des idioties, quoi…** *fpl* Quatsch
eben – 3 **une pneumonie** Lungenentzündung – 4 **auprès de qn** à côté de qn, avec
qn – 5 **sauvé** *ici :* außer (Lebens-)Gefahr – 6 **un cierge** [sjɛʁʒ] une longue bougie
utilisée pour les cérémonies à l'église – 7 **d'affilée** à la suite, sans interruption (am
Stück) – 9 **un couple exceptionnel** deux personnes ayant une relation extraordinaire –
12 **énigmatique** mystérieux, secret – 13 **souffrant** un peu malade ou fatigué (→ souffrir : leiden) – 13 **se décarcasser** *fam* faire beaucoup d'efforts pour réussir qc – 15 **j'en
étais là…** j'étais arrivé à ce point-là – 15 **un coup au cœur** un choc causé par un
événement subit – 19 **un effet** Wirkung – 23 **avoir raison** *ici :* avoir pris la bonne
décision – 27 **assister à** être présent à (etw beiwohnen) – 27 **une crémation** Ein-
äscherung – 28 **l'Inde** *f* Indien – 29 **sacré** qui fait l'objet d'un respect absolu et religieux (heilig) – 29 **avoir du mal à** avoir des difficultés à – 31 **un temple** un bâtiment
religieux dans lequel on pratique un culte

Je savais : une minute de téléphone leur coûtait le prix d'un bon repas pour deux personnes au restaurant (il faut dire que le restaurant n'était vraiment pas cher là-bas, mais quand même…). Je certifiai que tout allait pour le mieux, qu'il faisait
5 beau, qu'Armel travaillait la musique (sans donner de détails). Bref, je m'arrangeai pour ne pas mentir sans dire non plus la vérité. Que pouvais-je faire d'autre ? S'ils savaient que j'étais seule à Saint-Jean et que, pendant ce temps-là, Armel était parti en tournée en Italie, moi je serais obligée de promettre de ren-
10 trer immédiatement à la maison et Armel se préparait un bon savon (pas volé non plus). Et, surtout, ça leur gâcherait le voyage sans servir à rien.

Ouf ! Maman m'embrassa par grésillements de fil, sans même m'avoir demandé où je me trouvais. Pourquoi l'aurait-elle fait
15 d'ailleurs ? Tout le temps qu'elle parlait, elle devait m'imaginer affalée dans le fauteuil du salon.

Un peu oppressée par un sentiment confus de culpabilité (j'ai horreur de mentir), je mis un moment à reprendre le cours de mes pensées précédentes… Ah oui ! Il y avait une importante
20 question : est-ce que les gendarmes avaient véritablement interrogé tout le monde ?

Déjà, ils n'avaient pas bien compris ce qu'avait dit le vieux fermier – et en y repensant, j'eus de nouveau mal au cœur, à cause du cri.
25 Il fallait à tout prix que j'aille aussi parler à l'autre voisine, plus haut sur la route, presque à l'entrée du village, celle de la maison cachée par des haies. C'était une vieille ronchon, que ma grand-mère ne fréquentait guère parce qu'elle ne l'aimait pas beaucoup. Pourtant, Mamie n'avait pas l'habitude de porter
30 des jugements négatifs sur qui que ce soit.

---

4 **certifier** garantir – 6 **sans … non plus** aber auch ohne – 10 **immédiatement** tout de suite – 10 **un bon savon** *fam* was zu hören bekommen – 11 **gâcher qc à qn** jdm etw verderben – 12 **servir à qc** etw dienen, etw nutzen – 13 **un grésillement (de fil)** un bruit sur la ligne téléphonique (Knacken der Telefonleitung) – 16 **être affalé dans un fauteuil** être mal assis dans un fauteuil, comme si l'on s'était laissé tomber dedans – 16 **un fauteuil** Sessel – 16 **un salon** une salle de séjour (Wohnzimmer) – 17 **oppressé** *ici* : angoissé (beängstigt, bedrückt) – 17 **un sentiment de culpabilité** quand on se sent coupable (Schuldgefühl) – 17 **confus** vague – 18 **mettre un moment à faire qc** *ici* : avoir besoin d'un peu de temps avant de reprendre une activité – 18 **le cours des pensées** Gedankengang – 19 **précédent** d'avant (vorherig) – 23 **avoir mal au cœur** *ici* : se sentir mal, triste – 27 **un, e ronchon, ne** une personne qui ne fait que protester et se plaindre (Nörgler) – 28 **fréquenter qn** voir qn – 29 **porter des jugements négatifs sur qn** avoir une mauvaise opinion de qn (negativ über jdn urteilen)

Virgile

Avant d'apercevoir la voisine, j'entendis son pas traînant dans le couloir, puis les serrures qu'on tire avec méfiance, la porte qu'on entrebâille prudemment.

J'étais dans mes petits souliers, comme disait Pilou. Parfois,
5 on a peur sans savoir pourquoi. Mon cœur battait et, pourtant, je ne vois pas ce que j'aurais pu craindre d'elle.

Elle dut juger que je ne paraissais pas franchement dangereuse, et finit par ouvrir lorsque je dis que je m'appelais Nathanaëlle Blestin.

10 Là, elle m'observa un moment en plissant le nez, avant de décréter que c'était sûrement vrai, parce que je ressemblais à ma grand-mère.

Ma grand-mère, elle l'avait bien connue, bien qu'elle soit plutôt de l'âge de sa sœur cadette.

15 Je me décidai enfin à lui dévoiler le but de ma visite : est-ce qu'elle avait entendu quelqu'un crier cette nuit-là ?

Non, elle n'avait rien entendu, ce qui est normal, puisqu'elle était un peu sourde.

– Même pas un grand cri ?

20 Visiblement, elle n'était pas au courant qu'il y avait eu un cri, alors comment aurait-elle pu entendre un éventuel appel au secours avant ce cri ?

Non sans quelques remords (comme si je divulguais un secret), je me décidai à sortir la fameuse photo qui se cachait dans
25 mon blouson.

La vieille portait de grosses lunettes. Elle n'entendait guère, mais ne voyait certainement pas beaucoup non plus. Pour l'examiner, elle dut rapprocher la photo de son visage, tout

---

1 **son pas traînant** ihre schleppenden Schritte – 2 **un couloir** un corridor – 2 **une serrure** ce qui sert à fermer une porte à clé (Türschloss) – 2 **tirer** *ici :* ouvrir (aufziehen) – 2 **la méfiance** ≠ la confiance (Misstrauen) – 3 **entrebâiller** ouvrir (une porte) un petit peu – 3 **prudemment** → prudent – 4 **J'étais dans mes petits souliers.** Es war mir sehr unangenehm. – 7 **dut** *passé simple de* devoir – 7 **juger** décider, trouver – 8 **finir par faire qc** faire finalement qc – 8 **lorsque** quand – 10 **plisser le nez** die Nase rümpfen – 11 **décréter** décider avec autorité – 14 **cadet** plus jeune – 15 **dévoiler** *fig ici :* expliquer – 15 **un but** une raison (Ziel, Zweck) – 20 **visiblement** → visible (qu'on peut voir) – 23 **non sans quelques remords** *mpl* avec mauvaise conscience (mit Gewissensbissen) – 23 **divulguer** → dévoiler – 24 **fameux** *iron ici :* dont j'ai déjà parlé – 28 **rapprocher qc de** mettre qc plus près de

en exécutant d'affreuses grimaces dans le but de remonter ses lunettes sur son nez.

Enfin elle décréta :

– Bien sûr que je le connais, c'te sale engeance.

5 Je ne comprenais pas trop ce qu'elle voulait dire par là, cela ne me parut simplement pas très sympathique. J'interrogeai prudemment :

– C'est quelqu'un de ma famille ?

Elle secoua la tête avec véhémence, comme si j'avais proféré 10 une énormité, et enfin elle grommela :

– Oh ! je le voyais bien fricoter avec la fille Jugan. Près du ruisseau, qu'ils allaient, à l'ancien lavoir. Moi, je m'en fichais, c'était pas mes oignons. Ils croyaient qu'on ne les voyait pas, mais moi, je les apercevais depuis le trou d'aération du grenier à foin.

15 Un peu honteuse de ma curiosité, j'insistai :

– Quelle fille Jugan ?

– Eh ben, la Él…

Elle s'arrêta net en prenant conscience de ce qu'elle était en train de me dire, puis elle finit d'une voix gênée :

20 – Élise. Mais enfin, tout ça, c'est des vieilles histoires.

J'étais sidérée. Ma grand-mère avait eu un « amant » ?

– C'était… avant de rencontrer mon grand-père ? demandai-je d'un ton gêné.

– Ah ben oui, bien sûr. Elle a eu de la chance de le rencontrer, 25 celui-là, pour se faire épouser. En voilà une qui a fait un beau mariage !

Je ne dis rien. Ce vocabulaire me paraissait hors du temps, un temps où les filles se « faisaient épouser », « faisaient un beau mariage ».

30 Pas bien sûre de comprendre ce qu'elle entendait par là, je me renseignai :

– Un beau mariage ?

---

1 **tout en exécutant des grimaces** *fpl* tout en faisant des mouvements grotesques avec son visage (Grimassen schneiden) – 4 **cette sale engeance** une personne détestable – 5 **par là** avec cela – 9 **avec véhémence** avec force – 9 **proférer** dire à haute voix – 10 **une énormité** une phrase complètement absurde – 10 **grommeler** [gʀɔm(ə)le] se plaindre, murmurer entre ses dents – 11 **fricoter avec qn** avoir des relations (sexuelles) avec qn – 12 **Je m'en fichais.** *fam* Cela m'était égal. – 12 **Ce n'étaient pas mes oignons.** *fam* Cela ne me regardait pas. (Das ging mich nichts an.) – 14 **depuis** *ici :* (à partir) de (von … aus) – 14 **l'aération** *f* Belüftung – 14 **un grenier à foin** Heuboden – 15 **honteux** → la honte – 18 **net** *adv ici :* tout de suite, de manière abrupte – 19 **gêné** *ici :* embarrassé (verlegen) – 21 **sidéré** très surpris – 21 **un amant** *ici :* un homme qui a une relation amoureuse avec une femme qui n'est pas la sienne. – 25 **En voilà une qui a fait …** *mise en relief :* Elle, elle a fait … – 27 **hors du temps** *ici :* démodé, vieux – 30 **entendre** *ici :* vouloir dire – 31 **se renseigner** s'informer, demander des informations

– Dame, le gars… enfin ton grand-père, il avait du bien, et pas qu'un peu. Sa famille possédait tous les greniers à blé des environs, plus les minoteries et je ne sais quoi encore.

Ah ! Un « beau mariage » ne semblait pas vouloir dire un
5 mariage heureux, cela signifiait apparemment un mariage avec quelqu'un de riche. Vraiment bizarre.

– Eh ben, la Élise, elle a bien eu raison de choisir finalement l'autre, le René, parce qu'avec c'te malfaisant…

Elle jeta de nouveau un regard dégoûté sur la photo. Je ne sais
10 pas pourquoi, cela me fit un peu de peine.

Si, je sais pourquoi : j'aimais bien cet homme, sur la photo, et ma grand-mère avait apparemment été amoureuse de lui autrefois. À cause de ça, j'hésitai à poursuivre mes investigations (comme on dit dans la police). Je crois que j'étais à la fois
15 triste et déçue.

Je m'informai quand même :

– Il habitait par ici ?

– À Saint-Léonard, à trois kilomètres d'ici, comme ton grand-père.

20 Comme mon grand-père ?

Intriguée, je demandai :

– Ils se connaissaient ?

– Bien sûr qu'ils se connaissaient, c'étaient des copains. Enfin, quand ils étaient gosses, parce qu'après, ça s'est gâté. Ils
25 n'étaient plus du tout du même bord.

Je supposai que c'était à cause de ma grand-mère.

– Ramasse ça, va, dit-elle en montrant la photo, et jette-la. Je ne supporte pas de le voir, c'est lui qui a tué mon mari.

J'en fus suffoquée. Mamie gardait dans une cachette au gre-
30 nier la photo d'un assassin ?

Mais sans doute qu'après toutes ces années, elle ne se rappelait absolument plus que cette photo était là.

---

1 **Dame …** *fam* exclamation qui suppose une relation logique entre ce qui a été dit avant et ce va être dit après. (Ach…) – 1 **un gars** *fam* un garçon, un jeune homme – 1 **Il avait du bien.** Il était riche. – 2 **posséder** être propriétaire – 2 **le blé** Getreide, Weizen – 2 **des environs** *mpl ici :* de la région (Umgebung) – 3 **une minoterie** Mühle – 8 **ce malfaisant** une personne qui veut du mal aux autres/qui fait le mal autour de lui – 9 **dégoûté** *ici :* qui montre qu'elle déteste qn/qc – 10 **faire de la peine à qn** jdm leid tun, jds Mitleid erregen – 13 **poursuivre** *ici :* continuer – 21 **intrigué** étonné, perplexe – 24 **un gosse** *fam* un enfant – 24 **se gâter** devenir moins bien/ bon – 25 **être du même bord** être du même avis – 27 **ramasser qc** *ici :* reprendre qc – 27 **va** *fam ici :* allez, dépêche-toi – 29 **fus** *passé simple d'* être – 29 **suffoqué** *fam fig* très surpris/choqué par qc ; le souffle coupé – 29 **une cachette** là où l'on a caché qc – 30 **un assassin** un criminel ; qn qui tue qn pour une raison particulière – 31 **se rappeler que** se souvenir de

Je me demandais si je pouvais me permettre de réclamer des explications, quand la vieille reprit d'un ton étrange :

– Ça me fait penser… René et Élise… ils sont morts exactement là où ils se donnaient rendez-vous, Virgile et elle.

5 Virgile ! Quel drôle de prénom !

– Oui, au même endroit, poursuivit la vieille. On ne va pas dire que c'est un hasard… Ah non ! Ce n'est pas un hasard.

Elle me regarda fixement, avant d'ajouter :

– Ça serait-il possible qu'il leur ait jeté un sort ? Ça serait-il
10 possible que son esprit maudit ait crié vengeance ?

Je me sentis à moitié terrifiée par son regard. Je ne dis rien, je crois que je détournai les yeux. En tout cas, je me dirigeai discrètement vers la porte. C'est alors qu'elle s'écria :

– Bon sang de bois, c'est lui ! Il faut le dire aux gendarmes. Il
15 est revenu !

---

1 **réclamer** exiger – 2 **étrange** bizarre – 4 **se donner rendez-vous** se rencontrer –
8 **regarder qn fixement** regarder qn sans bouger, d'une façon immobile (jdn anstarren) – 9 **jeter un sort à qn** utiliser la magie pour faire du mal à qn (jdn verhexen) –
10 **maudit** qui n'est pas accepté par Dieu, sur qui plane une malédiction (mit einem Fluch behaftet) – 12 **détourner les yeux** regarder dans une autre direction – 13 **s'écrier**
dire d'une voix forte et émue, s'exclamer – 14 **Bon sang de bois !** *fam* Ach du meine
Güte ! Das darf doch nicht wahr sein !

3 août 1943

« Il est revenu. » Elle ne dit pas sous quelle forme « il » se serait manifesté. Spectre, comme le laissait penser sa première réflexion, ou bien en chair et en os, tout bêtement ? Ce type était-il vivant ou mort ?

5 J'étais si impressionnée, que je n'avais rien demandé. Et puis, ça paraissait tellement fou !

Je ne sais comment je regagnai la maison aux volets bleus. Pendant longtemps, je restai dans un fauteuil, sans rien faire. J'avais l'impression de me découvrir de nouveaux grands-10 parents. Comment ma grand-mère avait-elle pu tomber amoureuse d'un assassin ?... Doublé d'un malade qui la poursuivait de sa vengeance cinquante ans après, parce qu'elle en avait épousé un autre ? Est-ce que je n'étais pas en danger dans cette maison ? Il y avait un car à seize heures. Je pouvais le prendre.

15 Sans plus d'hésitation, j'entassai mes affaires dans un sac et le posai près de la porte. Puis je rangeai un peu, l'esprit ailleurs, avec la vague conscience que je devais remettre les choses en état.

La photo ! Je ne devais pas la garder sur moi ! D'abord, main-20 tenant, elle me brûlait les doigts, et puis il était tout à fait impossible que je la ramène chez mes parents : s'ils la découvraient, je serais obligée d'expliquer.

Est-ce que la vieille allait prévenir la police et faire rechercher Virgile ?

25 Mort ou vivant ?

Vivant, comment aurait-il pu s'y prendre pour assassiner mes grands-parents ? On n'avait trouvé sur eux aucune trace de violence.

Mort ?

---

1 **sous quelle forme** comment, de quelle façon – 1 **se manifester** se montrer, se présenter – 2 **un spectre** un fantôme – 3 **en chair et en os** [ãʃɛʀeɑ̃ɔs] en personne, lui-même (leibhaftig) – 3 **tout bêtement** tout simplement – 11 **doublé d'un malade** qui était aussi un fou – 11 **un, e malade** *ici:* un fou – 15 **l'hésitation** *f* → hésiter – 16 **ailleurs** *ici:* absent, qui pense à autre chose – 17 **remettre les choses en état** *ici:* remettre les choses de nouveau à leur place, là où elles étaient – 23 **prévenir qn** avertir qn, informer qn de qc – 26 **s'y prendre** faire (qc d'une certaine façon) (etw anstellen, etw fertigbringen) – 26 **assassiner** → un assassin

J'avais beau lutter contre cette pensée affreuse, ça paraissait
la solution la plus plausible (c'est invraisemblable d'en être à se
dire des choses pareilles). J'avais un peu honte de mes pensées,
comme si je croyais aux contes de fées, aux loups-garous et aux
5 revenants, à l'époque des ordinateurs et de la communication
par Internet !

Je considérai la photo dans ma main. J'allais la remettre là où
je l'avais trouvée. Voilà.

J'eus une drôle de sensation en pénétrant dans le grenier.
10 Je me rendais compte que tout ce qui était entassé là avait été
témoin de la vie d'avant, celle que je ne connaissais pas, ou
plutôt celle qui venait de prendre insidieusement un autre
visage sous mes yeux.

Cette maison, Mamie y avait vécu étant jeune, au temps de
15 Virgile. C'était peut-être pour cela que Pilou ne voulait pas y
revenir, pour cela qu'elle « portait malheur ». Pilou savait-il
l'histoire de Virgile et de Mamie ? Avait-il peur que cette maison
rappelle à sa femme un passé, peut-être douloureux, sur lequel
ils avaient tiré un trait ?

20 Parce que, sans raison précise, je pressentais que cette histoire entre Virgile et Élise Jugan n'était pas un petit flirt de rien.

Sans raison précise ? Si, je savais la raison : la vieille voisine
pensait qu'il y avait matière à vengeance de la part de Virgile, et
on ne se venge pas pour des broutilles.

25 Dans le placard, il y avait ce qu'on appelait « la malle de
Mamie » (chaque fille de la maison avait à cette époque sa
malle, pour ranger ses affaires). Mamie ne voulait pas qu'on
joue avec les vieux vêtements qui étaient dedans, d'ailleurs elle
ne voulait pas qu'on joue dans le grenier du tout, parce qu'il y

---

1 **J'avais beau lutter contre...** So sehr ich mich auch bemühte gegen ... anzukämp-
fen. – 2 **plausible** qui semble être vrai/probable – 2 **en être à** être arrivé au point
de – 4 **un conte de fées** une histoire extraordinaire avec des fées – 4 **un loup-garou**
[luɡaʀu] *dans les contes et légendes :* un homme qui devient loup – 5 **un revenant** l'esprit d'un mort qui revient sur terre – 9 **une sensation** → sentir ; une impression –
11 **un témoin** [temwɛ̃] *ici :* qui a vu un événement/ce qui s'est passé – 12 **insidieusement** [ɛ̃sidjøzmɑ̃] → insidieux ; qui trompe, qui fait qc sans qu'on le voie – 13 **un
visage** *ici :* un aspect, une apparence – 13 **sous mes yeux** vor meinen Augen – 18 **un
passé** le temps passé (Vergangenheit) – 18 **douloureux** → une douleur – 19 **tirer un
trait sur qc** laisser qc derrière soi ; passer à autre chose (einen Schlussstrich unter etw
ziehen) – 20 **pressentir** deviner, entrevoir confusément – 23 **matière à** une raison
pour, un motif pour – 24 **se venger** → la vengeance – 24 **des broutilles** *fpl* des détails
mpl sans importance

avait des endroits fragiles dans le plancher, et qu'on aurait bien pu « passer au travers ».

Prise de curiosité, je soulevai le couvercle de la malle, avec l'impression que l'ancienne vie de Mamie y était enfermée tout
5 entière. Ses vêtements de jeune fille sentaient encore la naphtaline. Maman disait qu'autrefois on en mettait partout, de ces petites boules blanches, pour lutter contre les larves des mites, qui bouffaient les tissus en laine. (C'était avant qu'on invente des synthétiques bien indigestes.)
10 Je sortis les vêtements un à un, en imaginant ma grand-mère dedans. Je n'avais pas trop de mal à l'y voir, elle était restée aussi menue que lorsqu'elle était jeune. Il faut dire qu'elle ne mangeait presque rien.

Dessous, il y avait une petite valise en osier, qui contenait…
15 un coffret de bois, qui contenait… deux photos.

Ouah ! Pile ce que je cherchais : deux photos de groupe, où il était, ce Virgile ! Je le repérai au premier coup d'œil. Il riait de la même façon que sur le petit portrait, toujours les mains dans les poches d'un air décontracté.
20 Tiens ! Là, c'était Mamie, très reconnaissable. Je remarquai qu'elle ne se tenait pas à côté de Virgile. Elle regardait le photographe et souriait d'une manière… Je n'avais jamais vu ma grand-mère sourire ainsi. Elle paraissait heureuse comme je n'imaginais pas qu'elle puisse l'avoir été.
25 J'examinai attentivement tous les visages. Je crois qu'il y avait là les sœurs de ma grand-mère, mais j'avais du mal à les identifier, puisque je n'avais jamais vu de portraits d'elles à cette époque. Par contre, en haut à droite, je repérai Pilou. Pas sûr que je l'aurais reconnu si je n'avais pas vu mille fois sa photo
30 de mariage. Il faut avouer qu'il avait pas mal changé, vu qu'il avait pris au moins cinquante kilos depuis. Mais enfin, c'était bien lui. Son regard, surtout. Peut-être que c'est ce qui vieillit le moins.

---

1 **fragile** [fʀaʒil] *ici :* qui se casse facilement (dünn, baufällig) – 1 **un plancher** Fußboden – 2 **passer au travers** *ici :* durch etw hindurchtreten – 3 **soulever** lever (hochheben) – 3 **un couvercle** qui couvre qc (Deckel) – 5 **(tout) entier** → en entier, au complet – 5 **la naphtaline** Naphthalin (zur Mottenbekämpfung verwendet) – 7 **une mite** Motte – 8 **bouffer** *fam* manger – 8 **un tissu en laine** Stoff aus Wolle – 9 **synthétique** *adj ici employé comme nom au mpl :* Kunstfasergewebe – 9 **indigeste** *par extension :* qu'on ne peut pas manger (unverdaulich) – 10 **un à un** l'un après l'autre – 12 **menu** *ici : ≠* gros – 14 **dessous** sous ; en-dessous (darunter) – 14 **contenir** → le contenu – 16 **pile** [pil] *fam* exactement, juste – 17 **repérer** *fam* trouver – 19 **d'un air décontracté** ≠ de sorte qu'il paraissait stressé – 30 **vu que** *vx* étant donné que (denn) – 32 **vieillir** [vjejiʀ] devenir vieux

Tiens ! Son regard ! Justement, Pilou ne fixait pas le photographe comme les autres. Il ne souriait pas, il regardait ailleurs.

La deuxième photo représentait le même groupe, à peu près au même moment. Mamie souriait toujours – encore plus gaie-
5 ment je crois.

Allons bon ! Là aussi, Pilou tournait la tête. Pas moyen qu'il se tienne tranquille ! Comme s'il n'avait pas entendu l'avertissement du photographe « Attention, le petit oiseau va sortir », qu'il nous répétait immanquablement à chaque photo
10 qu'il prenait.

Il y avait une date, au dos du carton : 3 août 1943. Anniversaire de Simone.

Le 3 août, mes grands-parents n'étaient pas encore mariés, ni même fiancés, sinon ils se seraient tenus l'un à côté de l'autre.
15 Je sursautai. Quelqu'un venait de sonner à la porte. Je lançai un coup d'œil à Virgile, sur la photo. Et si c'était lui ? Mon cœur se mit à battre. Si c'était lui qui s'était vengé de ma grand-mère Élise, pouvait-il en vouloir également à ma vie ?

J'entrouvris discrètement la fenêtre du grenier, pour aperce-
20 voir le visiteur. C'était une femme, d'âge moyen, comme mes parents. Je me penchai :

– Vous voulez quelque chose ?

Et là, je la reconnus : c'était Danièle, la femme de ménage. Je l'avais vue souvent. Elle venait le mercredi et le vendredi. Quel
25 jour étions-nous aujourd'hui ? Impossible de me le rappeler.

Je descendis.

– J'ai vu, dit-elle, qu'il y avait quelqu'un, alors je me suis permis… pour présenter mes condoléances. Tes parents sont ici ?

– Euh… Ils sont repartis, je vais les rejoindre.

---

1 **fixer** regarder avec attention – 3 **représenter** *ici :* montrer – 3 **à peu près** environ, presque – 6 **Allons bon !** *iron* Voilà que ça recommence ! (Schon wieder !) – 6 **Pas moyen que … !** Impossible que … ! – 7 **comme si** als ob – 8 **un avertissement** une information, un appel à l'attention – 9 **immanquablement** [ɛ̃mãkabləmã] inévitablement, automatiquement – 13 **ne … pas …, ni même** … nicht … und noch nicht einmal … – 13 **se marier avec qn** épouser qn (→ mariage) – 14 **se fiancer avec qn** promettre le mariage à qn (sich verloben) – 14 **sinon** autrement – 15 **sursauter** faire un mouvement brusque de surprise/de peur (zusammenzucken) – 15 **lancer un coup d'œil** jeter un coup d'œil – 18 **en vouloir … à la vie de qn** vouloir tuer qn (jdm nach dem Leben trachten) – 20 **un visiteur** qn qui rend visite à qn – 20 **d'âge moyen** mittleren Alters – 28 **présenter ses condoléances** *fpl* à qn exprimer sa sympathie à qn à l'occasion de la mort d'une personne proche – 29 **rejoindre qn** retrouver qn

– Quelle épouvantable histoire, ma petite Nathanaëlle! Je n'en suis pas encore remise. C'est moi qui les ai découverts le lundi. Je venais leur apporter un morceau de bûche, comme j'en ai l'habitude le jour de Noël. Quand j'ai vu... Oh non, je ne
5 veux plus en parler! Est-ce que tu vas bien?

Je dis que oui, que nous avions un peu de mal à remonter la pente et que nous aimerions bien comprendre. Et puis...

– Est-ce que vous croyez, demandai-je soudain, qu'il s'agisse d'une vengeance?

10 – D'une vengeance? Mais de qui, grands dieux?

Je ne pouvais tout de même pas évoquer la possibilité d'un revenant! Je me contentai de proposer:

– Une histoire ancienne, peut-être. C'est la vieille voisine de là-bas qui le pense.

15 – Raymonde Lompel?

– Oui, elle m'a parlé d'un certain Virgile, vous le connaissez?

– Virgile... J'ai l'impression que ça me dit un peu quelque chose...

– Raymonde Lompel m'a affirmé que c'est lui qui a tué son
20 mari.

– Ah bon? fit Danièle d'un air stupéfait.

Elle me fixa avec un étonnement sincère, puis son front se plissa, elle prit un visage intrigué et remarqua enfin:

– Raymonde Lompel... J'ai toujours entendu dire que son
25 mari avait été exécuté par les Allemands. Quand les résistants ont fait sauter le dépôt de munitions et tué par la même occasion plusieurs officiers, dix otages ont été pris dans la population et fusillés. Parmi lesquels le mari de Raymonde.

J'en étais ahurie:

30 – Les Allemands ont fusillé des gens qui n'avaient rien fait?

– Bien sûr. Ça s'est passé souvent, tu sais... Bien que les Allemands aient gagné la guerre en 40, il y avait beaucoup de gens

---

1 **épouvantable** choquant, terrible – 3 **une bûche (de Noël)** une pâtisserie de Noël en forme de morceau de bois (Biskuitrolle) – 6 **remonter la pente** faire un effort pour retrouver le moral (wieder aus dem Tief herausfinden) – 10 **grands dieux** *mpl interjection qui exprime la surprise* : Mon Dieu! – 11 **évoquer** *ici :* parler de (erwähnen) – 12 **se contenter de faire qc** *ici :* en rester à, faire seulement (sich damit begnügen etw zu tun) – 21 **stupéfait** très surpris/étonné – 22 **un étonnement** → étonné – 22 **se plisser** *pour le front :* runzeln – 25 **exécuter** tuer – 25 **un résistant** Widerstandskämpfer im Zweiten Weltkrieg – 26 **faire sauter** faire exploser – 27 **un otage** Geisel – 28 **fusiller** [fyzije] tuer avec un fusil (mit einem Gewehr erschießen) – 28 **parmi** entre, au nombre de (unter) – 29 **ahuri** extrêmement stupéfait (verblüfft)

qui refusaient ça, qui refusaient que la France reste sous « la botte allemande », comme ils disaient. Alors, la résistance s'est organisée : les résistants attaquaient les bases allemandes, leurs trains, leurs munitions, leurs réserves. Comme les Allemands

5 n'arrivaient pas à les attraper, ils ont eu l'idée de prendre des civils innocents pour les fusiller. De cette manière, d'une part ils se vengeaient, d'autre part, cela leur permettait de monter la population contre les résistants.

– Mais ce Virgile, il n'était pas allemand ? Comment aurait-il

10 pu tuer le mari de Raymonde ?

– Ah ça, je te dis, je ne vois pas trop qui c'est. Quant à ne pas être allemand et à tuer un otage, c'est possible. Il y avait la Milice, des Français qui soutenaient l'Allemagne, qui collaboraient avec les Allemands. Ce qui est imaginable, c'est que ce

15 soient des miliciens qui aient tué le mari de Raymonde.

Ce Virgile ! Quel salaud ! J'en avais de la peine pour ma grand-mère. Enfin heureusement, elle avait dû y voir clair, puisqu'elle avait finalement épousé mon grand-père. Et lui, c'était quand même autre chose !

20 Pilou n'en avait jamais dit un mot – il était trop modeste pour cela – pourtant j'aurais parié qu'il avait appartenu à la Résistance. Je me rappelai que Raymonde avait dit de Virgile et lui : « Ils n'étaient pas du même bord. » Mais enfin, ce n'était peut-être pas de cela qu'elle parlait.

25 Danièle me promit qu'elle allait se renseigner sur ce Virgile. Sans doute était-ce dans la bouche de sa mère qu'elle avait entendu ce nom. Si par hasard elle apprenait quelque chose d'intéressant, elle m'enverrait un petit mot. Elle ajouta :

– Parce que ma mère était une amie de tes grands-parents, tu

30 le sais, ça ?

– Ah oui…

J'avais beau réfléchir, je ne voyais pas de qui il s'agissait.

---

2 **une botte** Stiefel *ici :* le régime – 2 **la résistance** Widerstandsbewegung – 4 **Comme** …*ici :* Da … – 6 **un civil** ≠ un militaire – 6 **innocent** [inɔsã] qui n'a pas commis de crime (unschuldig) – 6 **d'une part …, d'autre part** … d'un côté …, d'un autre côté … (einerseits …, andererseits …) – 7 **monter qn contre qn** *ici :* élever, animer qn contre qn (jdn gegen jdn aufbringen) – 11 **je ne vois pas trop** je ne comprends pas très bien – 11 **quant à** pour ce qui est de … (was die Frage betrifft, ob …) – 13 **la Milice** *ici :* la troupe armée créée par le gouvernement de Vichy pour lutter contre la Résistance – 13 **soutenir** aider (unterstützen) – 13 **collaborer** coopérer, travailler avec – 15 **un milicien** → une milice – 16 **un salaud** *fam* un homme détestable pour son caractère – 16 **avoir de la peine pour qn** être triste pour qn – 17 **y voir clair** comprendre – 20 **modeste** qui ne parle pas trop de lui, qui est discret – 21 **appartenir à** être membre de, faire partie de (etw angehören)

– Ils t'ont parlé de Simone, non ?

Simone ! « Anniversaire de Simone. » Oui, finalement, je connaissais ce nom.

Danièle repartie, je remontai en vitesse dans le grenier pour
5 ranger les photos. C'était bientôt l'heure de mon car.

Au moment où je les remettais dans le coffret de bois, j'aperçus là un vieux cahier que je n'avais tout d'abord pas remarqué vu qu'il faisait juste la taille du fond du coffret.

Je le soulevai avec précaution et le feuilletai rapidement : il
10 était vierge. Dessous, il y en avait un autre… Celui-là par contre avait plusieurs pages remplies. C'était un journal, comme en écrivaient souvent les jeunes filles autrefois (et aujourd'hui aussi. J'en ai moi-même tenu un… pendant quelques jours, je ne suis pas très courageuse du stylo).

15 Je l'ouvris au début.

Sur la première page…

---

8 **faire la taille de qc** *ici :* avoir le format de qc – 9 **avec précaution** en faisant attention (vorsichtig) – 9 **feuilleter qc** parcourir, tourner vite les pages d'un livre/cahier … – 10 **vierge** *ici :* pas encore utilisé – 11 **rempli** ≠ vide (beschrieben) – 11 **tenir un journal (intime)** ein Tagebuch führen – 14 **être courageux du stylo** *ici :* avoir la volonté, l'envie d'écrire

Des révélations ahurissantes

Sur la première page, étaient calligraphiés en belles lettres ces mots :

Mon Livre de Jeune Fille

Ce journal est écrit par…

5 Le nom en bas à gauche était Élise Jugan. Ma grand-mère en personne. Avec un chiffre : 1943.

Je tournai la page avec émotion. Est-ce que j'avais le droit ? Si ma grand-mère avait caché son journal ici, c'était bien pour que personne ne le trouve !

10 Je lus juste les premiers mots, puis les suivants, et n'arrivai plus à m'arrêter.

14 juillet. Je suis en colère. C'est la fête de la Liberté dans une France qui n'est plus libre ! Hier, j'ai essayé d'avoir un peu de saindoux et de farine pour les crêpes, mais il n'y avait plus rien
15 *chez le boulanger. Il paraît que les Boches étaient passés le matin, et qu'ils avaient tout réquisitionné, sous prétexte qu'ils recevaient des officiers importants. Je suis sûre que tout ça part en Allemagne, qu'ils l'envoient à leur femme. Et nous, on peut toujours crever.*

20 Je m'arrêtai. À dire vrai, je n'avais jamais imaginé de tels mots dans la bouche de ma grand-mère. Moi, je n'avais connu qu'une femme réservée, effacée même, sans l'ombre d'une révolte. Quand je râlais contre quelque chose, elle me disait en souriant : « Ma petite fille, dans la vie on ne fait pas toujours ce
25 qu'on veut. » Alors là, j'étais plutôt étonnée.

Maintenant que j'y repensais, c'était d'ailleurs étrange. Souvent, j'avais eu l'impression qu'elle n'était pas du même avis que son mari et pourtant, jamais elle ne le contredisait, jamais elle n'exprimait une opinion contraire.

---

une révélation *ici :* découvrir qc qu'on ne savait pas encore – 1 **calligraphier** bien écrire – 10 **lus** *passé simple de* lire – 14 **du saindoux** Schweineschmalz – 15 **un Boche** *fam péj* Deutscher – 16 **réquisitionner** utiliser l'autorité pour prendre qc à qn (beschlagnahmen) – 16 **sous prétexte que** pour la simple raison que (unter dem Vorwand, dass) – 19 **toujours** *ici :* de toute façon – 19 **crever** *fam* mourir – 20 **à dire vrai** franchement, pour dire la vérité (ehrlich gesagt) – 22 **réservé** modeste, discret – 22 **effacé** discret, qui ne se fait pas remarquer (unscheinbar) – 22 **sans l'ombre de** + *nom* sans jamais + *inf* – 22 **une révolte** une action contre qc/qn – 23 **râler contre** *fam* protester contre, se plaindre de (avec mauvaise humeur) – 28 **contredire qn** dire le contraire de ce que qn dit (jdm widersprechen)

Je replongeai dans le cahier :

Et d'ailleurs, comment est-ce qu'ils envoient tout ça en Allemagne ? Pour nous, à les en croire, transporter quelque chose, c'est toujours impossible. On nous oppose qu'il n'y a pas d'essence, que
5 *les trains sont complets ou je ne sais quoi. On a bien de la chance si on peut trouver un cheval hors d'âge, (que les vert-de-gris nous ont laissé juste parce qu'il est trop vieux pour leur servir), et une charrette bringuebalante.*

18 juillet. Mme Francœur en pleurs, les Boches lui ont pris sa
10 *vache. C'est tout ce qu'elle avait pour survivre. Comme elle s'est accrochée au cou de la bête pour les empêcher de la faire monter dans le camion, ils l'ont frappée.*

23 juillet. Cette fois, c'est à La Grabottine qu'ils sont allés. Ils ont emmené les cochons. Il paraît qu'ils en ont le droit. Réqui-
15 *sition. La France a été vaincue en 1940, il faut qu'elle paie. Et ils ont prévenu que, si on dissimulait la moindre bête, on serait jeté en prison. Ce qui est à nous leur appartient de droit ! J'enrage. Heureusement qu'on a nos légumes, et que les vert-de-gris ne sont pas encore venus voir dans notre jardin. Mes sœurs et moi,*
20 *on n'y travaille qu'au petit matin, et tard le soir, pour qu'on ne nous remarque pas.*

28 juillet. René me fait bien rire, il me regarde tout le temps avec des yeux de merlan frit. Je dis que ça me fait rire, mais il y a des jours où ça m'énerve vraiment. Est-ce qu'il va bientôt com-
25 *prendre que je ne l'aime pas ? En plus, nous n'avons les mêmes avis sur rien, et son attitude me dégoûte un peu.*

Je posai le cahier sur mes genoux : je ne sais pas de quelle attitude parlait Mamie mais, finalement, elle avait quand même été

---

1 **replonger dans** *ici :* recommencer à lire (sich wieder vertiefen in) – 3 **à les en croire** si on croit ce qu'ils disent – 4 **opposer qc à qn** répondre/prétexter qc à qn (entgegnen, einwenden) – 5 **l'essence** *f* Benzin – 5 **complet, complète** *ici :* plein, ≠ vide – 6 **un cheval hors d'âge** Pferd, das für (als Arbeitstier) zu alt gehalten wird – 7 **les vert-de-gris** *ici :* les soldats allemands portant un uniforme vert-de-gris (die Graugrünen) – 8 **une charrette bringuebalante** klappriger Karren – 9 **en pleurs** *mpl vx ou litt* → pleurer – 10 **survivre** continuer à vivre (dans une situation difficile) – 11 **le cou** Hals – 12 **frapper** *ici :* schlagen – 14 **un cochon** Schwein – 14 **une réquisition** → réquisitionner – 15 **vaincu** *participe passé de* vaincre (besiegen) – 16 **dissimuler** cacher – 16 **la moindre bête** das geringste Tier – 17 **appartenir à qn** être à qn – 17 **de droit** de manière légale, sans qu'on puisse s'y opposer – 17 **enrager** être en colère – 20 **au petit matin** très tôt le matin – 23 **un merlan frit** ein frittierter Wittling (Seefisch) – 23 **avec des yeux de merlan frit** *fam* en tournant les yeux vers le haut pour n'en montrer que le blanc

sensible à son amour. Rien n'est donc définitif ! En tout cas, pas de coup de foudre de sa part, c'est le moins qu'on puisse dire.

Je calculai qu'à cette date, Mamie avait… vingt-deux ans, et Pilou aussi.

5 *30 juillet. Pour la fête de papa, j'ai réussi à échanger des tickets de vin contre du tabac. Du vin, on n'en boit pas beaucoup, et le tabac lui manque tellement ! Il était heureux comme un roi, on aurait dit que je lui offrais une écurie de course !*

31 juillet. On a reçu des nouvelles des cousins de Lyon.
10 *Apparemment, même dans la zone libre, la vie n'est pas facile. Ils disent que, maintenant, la viande manque tellement qu'on trouve des corbeaux à vendre au marché.*

2 août. Mon cher petit journal, je veux te dire, il s'appelle Virgile.

15 *3 août. Je l'ai revu. Il est venu avec René à l'anniversaire de Simone. Je l'ai trouvé encore plus beau qu'hier, et j'ai senti que mon cœur battait. Je crains d'être un peu folle, je suis amoureuse de lui alors que je le connais à peine. Je ne sais pas si René s'est rendu compte de quelque chose, mais j'ai eu l'impression à un*
20 *moment qu'ils se disputaient tous les deux. Enfin, je rêve, je ne pense pas que ce soit à cause de moi. D'ailleurs, je l'ai déjà dit deux fois à René : je ne veux pas l'épouser. C'est un gentil garçon, mais ça ne suffit pas.*

6 août. Trois jours que je n'ai rien écrit. C'est que je suis dans un
25 *état de folie. Je ne pense plus qu'à Virgile et, lui, je sais qu'il pense à moi. Je n'arrive pas à en écrire plus.*

10 août. Ma sœur Yvonne m'agace franchement. Elle passe son temps à m'espionner. Je crois qu'elle est un peu jalouse de Virgile et moi. D'ailleurs, toutes les filles sont amoureuses de Virgile, et
30 *ce n'est pas étonnant, c'est le plus bel homme que j'aie jamais vu, et le plus sympathique, et le plus… le plus tout. Quand je suis avec lui, tout me paraît simple et beau. Nous allons au bord du ruisseau, c'est là que nous nous retrouvons. Lui, il arrive par l'autre côté, et moi, je bondis par-dessus l'eau pour le rejoindre,*

---

1 **être sensible à** être touché par ; réagir à (empfindlich) – 1 **définitif** qui ne peut plus être changé – 2 **un coup de foudre** tomber amoureux tout de suite/dès le premier regard – 3 **calculer** compter – 5 **échanger** → un échange – 5 **un ticket** [tikɛ] *ici* : Lebensmittelmarke (bei Rationierung) – 8 **une écurie de course** une équipe de chevaux qui appartiennent tous à la même personne et qui participent à une compétition (Rennstall) – 10 **la zone libre** la partie non-occupée (unbesetzt) du sud de la France par les Allemands entre 1940 et 1942 – 12 **un corbeau** Rabe – 18 **à peine** depuis peu de temps ; très peu – 20 **rêver** *ici* : prendre son désir pour une réalité – 25 **un état de folie** Zustand des Übermuts, des Verrücktseins (nach jdm) (→ **fou**) – 27 **agacer qn** énerver qn, mettre qn en colère – 28 **espionner** suivre qn pour l'observer – 34 **bondir par-dessus qc** sauter au dessus de qc

et quand il me serre dans ses bras, je vois le monde tourner. À
certains moments, j'ai honte d'être si heureuse, parce que malgré
tout nous sommes envahis, et que le pays n'en peut plus.

17 août. J'ai rencontré l'instituteur des petites. Il paraît qu'à
5 *la rentrée il a l'ordre d'emmener les enfants récolter les glands et*
les marrons d'Inde. Les glands, ce serait pour fabriquer un genre
de café (!?!) et les marrons serviraient à faire de la colle, ou de
la lessive, je ne sais pas trop. Si ça continue, il y aura de moins
en moins d'école et de plus en plus de corvées. Déjà, avant les
10 *vacances, on les a employés à faire la chasse aux doryphores dans*
les champs de pommes de terre. Le premier jour, ils ont trouvé ça
plutôt drôle, mais ensuite beaucoup moins.

9 septembre. Voilà bien longtemps que je n'ai pas écrit ici. J'ai
la tête ailleurs. La vie est merveilleuse, je ne savais pas que je
15 *pourrais aimer un homme aussi fort, et qu'il m'aimerait de la*
même manière. Je crois rêver. Nous voudrions nous marier très
vite, mais c'est la guerre, évidemment, et lui, je ne sais pas ce qu'il
fait parce qu'il ne m'en parle jamais, mais je crois que c'est assez
dangereux.
20 *Évidemment, les miliciens peuvent être visés par les résistants,*
et mourir dans un attentat.

Il préfère que nous attendions un peu pour nous marier. Moi,
ça me fait peur car, lorsqu'il me parle ainsi, j'ai l'impression qu'il
court un grand danger. S'il lui arrivait quelque chose, j'en mour-
25 *rais.*
À chaque fois que je saute par-dessus le ruisseau, je me dis que, si
je mets malencontreusement le pied dedans, il arrivera malheur.

---

3 **envahir** [ãvaiʀ] *ici :* occuper (un territoire) – 3 **Le pays n'en peut plus.** Le pays est dans une situation si difficile qu'il ne la supporte plus. – 5 **un instituteur** un professeur dans une école primaire – 5 **à la rentrée** au début de l'année scolaire – 6 **un ordre** une instruction, un commandement (ein Befehl) – 6 **récolter** ramasser (des fruits et des légumes) (ernten) – 6 **un gland** le fruit du chêne (Eichel) – 7 **un marron d'Inde** Ross-kastanie – 7 **fabriquer** produire, faire – 8 **la colle** Klebstoff – 9 **la lessive** le produit qui sert à laver les vêtements (Waschmittel) – 9 **de moins en moins** immer weniger – 10 **une corvée** *ici :* un travail obligatoire et non payé (Arbeitsdienst) – 11 **employer qn** *ici :* faire travailler qn, occuper qn – 11 **un doryphore** Kartoffelkäfer – 12 **un champ** *ici :* une zone de terre où l'on peut planter des légumes (Feld) – 15 **merveilleux** extraordi-naire, magique – 25 **courir un danger** prendre des risques – 28 **malencontreusement** malheureusement, fâcheusement (unglücklich, ärgerlich)

12 septembre. J'ai réussi à échanger trois livres de beurre con-
tre des chaussures presque neuves, tout en cuir (sauf la semelle,
évidemment, en bois comme d'habitude). Virgile dit qu'il faut
mettre les Fridolins à la porte, et que sûrement les Anglais et les
5 *Américains débarqueront bientôt. Et alors, on fera la fête.*

Quel faux jeton ! Lui qui travaillait pour les Allemands ! Il avait
donc trompé Élise de bout en bout…

En attendant, j'ai été obligée de me tailler une nouvelle robe
dans un vieux drap. Il n'y a plus un centimètre de tissu, même
10 *laid, dans le village.*

3 octobre. Le vieux Fily est mort. Avant que qui que ce soit ne
l'ait su, sa fille a pris sa carte et ses tickets pour aller faire les
courses à l'épicerie. L'administration s'apercevra bien assez tôt
qu'ils sont un de moins. En attendant qu'on leur retire la carte
15 *d'alimentation du vieux, ils mangeront toujours mieux.*

10 décembre. Il fait froid et j'ai faim, j'ai terriblement faim.
Mes deux tranches de pain ne me suffisent pas, et je ne peux tout
de même pas chiper la part des autres. Je veux que les Boches
s'en aillent, je veux qu'on puisse acheter assez de charbon pour
20 *se chauffer, je veux manger à ma faim, je veux épouser Virgile. Je*
n'en ai encore parlé à personne, et pourtant j'ai sans cesse envie
de prononcer son nom. Virgile Virgile Virgile Virgile Virgile Virgile
Virgile Virgile Virgile Virgile Virgile Virgile Virgile Virgile.

Je veux vivre ma vie entière avec lui. Je l'aime. Je l'aime. Je
25 *l'aime.*

Je m'arrêtai un moment, complètement oppressée. Je n'avais
plus le sentiment de commettre une indiscrétion, mais plutôt
celui de partager quelque chose avec ma grand-mère. Seulement, j'avais un peu mal au cœur pour Pilou, et même pour

---

1 **une livre** *ici :* unité de masse d'environ 500 g (ein Pfund) – 2 **cuir** la peau – 2 **en cuir**
fait avec la peau de certains animaux (aus Leder) – 4 **mettre qn à la porte** renvoyer qn
(*ici :* dans son pays d'origine) – 4 **un Fridolin** *fam et péj* (de Fritz) un Allemand (pendant
la Seconde Guerre mondiale) – 5 **débarquer** *ici :* descendre d'un bateau et arriver dans
un pays (landen) – 6 **un faux jeton** un menteur, un hypocrite – 7 **tromper qn** *ici :*
abuser de qn, mentir à qn (jdn täuschen) – 7 **de bout en bout** sur toute la ligne, complètement – 8 **en attendant** *ici :* pendant ce temps-là (in der Zwischenzeit) – 8 **tailler
dans** couper de l'étoffe pour en faire un vêtement (zuschneiden) – 9 **un drap** [dʀa] un
grand morceau d'étoffe qui couvre un lit (Bettlaken) – 10 **laid** [lɛ] ≠ beau – 14 **retirer
qc à qn** reprendre de qn ce qu'on lui avait donné – 14 **une carte d'alimentation** *f* un
ticket pour une ration de nourriture (Essensmarke bei Rationierung) – 17 **une tran-
che** un morceau (Scheibe) – 18 **chiper** *fam* voler – 18 **une part** ce qui appartient à
qn (Anteil) – 19 **le charbon** Kohle – 20 **se chauffer** sich wärmen – 20 **manger à sa
faim** avoir assez à manger (sich satt essen) – 21 **sans cesse** continuellement, toujours
(andauernd, ununterbrochen) – 28 **commettre** faire (begehen) – 28 **une indiscrétion**
quand qn est indiscret, qu'il s'occupe de ce qui ne le regarde pas

papa, qui avait toujours cru au grand amour entre ses parents. À quel moment tout cela allait-il prendre le tournant qui menait à la grand-mère que je connaissais ?

Je passai à la page suivante :

5 *17 décembre. Virgile n'est pas venu.*
18 décembre. Virgile n'est pas venu.
19 décembre. Virgile n'est pas venu.
20 décembre. Virgile n'est pas venu.
21 décembre. Virgile n'est pas venu.
10 *22 décembre. Virgile n'est pas venu.*

Suivait une page blanche et, en bas de la page, la même main avait écrit en tremblant un peu :

26 décembre. Je vais épouser René.

J'en restai suffoquée. Voilà ce qu'était la grande histoire
15 d'amour entre Pilou et Mamie ! Je relus : « Je vais épouser René. »

Puis je considérai les dates. Que s'était-il passé entre le 22 et le 26 décembre ? Mamie avait-elle appris que Virgile était un assassin ? L'avait-il abandonnée ? Était-il parti ? Mort ? On
20 ne change pas d'avis en une semaine sur l'homme qu'on veut épouser. Ce n'est pas possible !

---

3 **prendre le tournant** *fig* prendre la direction (einen Richtungswechsel vornehmen) –
13 **trembler** zittern – 20 **abandonner** quitter, laisser (verlassen, im Stich lassen)

Une vengeance ?

6 janvier. Mes grands-parents s'étaient mariés le 6 janvier.

Cela m'apparut comme un coup de tête de Mamie. Est-ce qu'elle l'avait regretté ensuite ?

Et Virgile ? Qu'est-ce qu'il était devenu ?

5 Je regardai brusquement ma montre : il était 16 heures 30… et j'avais raté le car.

Virgile, non, je ne pouvais pas me le représenter en assassin. Mamie ne pouvait pas être amoureuse d'un assassin ! De toute façon, j'avais du mal à me persuader qu'il s'agissait réellement
10 de la même Élise Jugan. Était-ce bien là ma grand-mère ? Bien sûr, je savais qu'elle avait été jeune, et différente. Je ne suis pas complètement idiote ! Mais enfin…

Bon, si, je suis idiote.

En attendant, je m'appropriai le cahier (celui où il n'y avait
15 rien d'écrit) et décidai dans l'instant de faire comme elle, et d'y consigner ce que j'apprenais, ou ce qui m'arrivait, au jour le jour.

Téléphone. Un court instant, j'eus peur que ce ne soit Virgile. Décidément, il hantait mes angoisses, celui-là ! C'était seule-
20 ment Danièle : elle était contente de me trouver encore là, elle craignait que je sois repartie par le car de l'après-midi.

Pourquoi ? Est-ce que j'étais tellement importante ?

En fait, sa mère voulait me voir. Simone. Non seulement elle voulait me voir, mais elle tenait absolument à me voir. J'avoue
25 que j'étais un peu surprise. Une dame de soixante-quinze ou quatre-vingts ans, qui tient absolument à rencontrer une fille (une « gamine » doit-elle penser) de quinze ans !

J'y allais, évidemment. Pas question que je rate ça. Simone voulait me dire quelque chose ? Elle savait quelque chose sur la
30 mort de Pilou et Mamie ? Impossible d'attendre, j'y courus.

D'après ce que m'avait dit Danièle, sa mère habitait avec elle, juste au-dessus du salon de coiffure, le seul du village, dans

---

2 **apparut** *passé simple de* apparaître – 2 **un coup de tête** une décision spontanée et irréfléchie (unüberlegte Handlung) – 5 **brusquement** soudainement (plötzlich) – 7 **se représenter qn en assassin** sich jdn als Mörder vorstellen – 14 **s'approprier qc** *ici :* prendre qc pour soi (etw an sich reißen) – 16 **consigner** *ici :* noter par écrit (festhalten, eintragen) – 19 **décidément** vraiment – 19 °**hanter** [ɑ̃te] *ici :* dominer, occuper (beherrschen, besetzen) – 24 **tenir à** désirer qc (à tout prix) – 32 **un salon de coiffure** là où travaillent les coiffeurs

la grand-rue. Cela s'expliquait tout bêtement par le fait que le mari de Danièle était le coiffeur.

Celui-ci se montra très aimable. Il me dit de monter le petit escalier étroit, qui sentait bon la cire, et de frapper à la porte en
5 face.

Danièle était là. Elle était contente que je sois venue, elle me fit entrer.

Simone n'avait pas l'air si vieille que ça, en tout cas absolument pas comme Raymonde Lompel. Elle était en train de
10 s'activer près du four, et m'annonça d'une voix gaie qu'elle me préparait un gâteau, une tarte au citron. Une chance. Au chocolat, je n'aurais pas pu.

– Je suis contente, ajouta-t-elle, de connaître la petite-fille d'Élise. Tu lui ressembles un peu… Le front, je crois.

15 Je répondis poliment (mais c'était également sincère) :

– Je suis contente de vous connaître aussi. J'ai vu une photo de votre anniversaire.

– Ah ! Je vois de quoi tu veux parler. En 43 ! Mon Dieu, malgré la guerre, on s'était bien amusés ! Je me rappelle que, comme
20 tout était difficile à trouver, chacun était venu avec un ingrédient pour faire le gâteau. Ceux qui avaient la chance de vivre dans une ferme avaient apporté des œufs, les autres avaient échangé au marché noir une couverture ou un paquet de tabac contre du sucre. René s'était chargé de la farine : c'était facile
25 pour lui, sa famille était propriétaire des minoteries, et il voyait passer la totalité du blé de la région. Malheureusement, toute la farine blanche ou presque était réservée aux Allemands (ça, on n'y pouvait rien) mais, enfin, René arrivait toujours à détourner une partie de la production pour aider les copains…
30 Et il n'en profitait même pas pour faire du marché noir. (Elle s'interrompit.) Tu sais ce qu'était le marché noir ?

– À peu près.

– C'est qu'on manquait de tout, en ces temps de malheur, et que tout était rationné. On avait chacun ses cartes.
35 « D'alimentation » ça s'appelait, mais nous, on disait « de ra-

---

1 **la grand-rue** la rue principale d'un village – 3 **aimable** gentil (→ aimer) – 8 **si vieille que ça** *pour exprimer l'intensité* : tellement vieille (so alt) – 10 **s'activer** faire qc, s'occuper – 15 **poliment** de façon polie (→ *anglais* : polite) (höflich) – 20 **un ingrédient** un élément d'une recette pour préparer qc, ici un gâteau (Zutat) – 23 **échanger qc au marché noir** échanger des produits rares car rationnés de manière illégale/clandestine (Schwarzmarkt) – 24 **se charger de** *ici* : s'occuper de – 25 **Il voyait passer la totalité du blé.** Il voyait arriver et partir tout le blé de la région. – 28 **On n'y pouvait rien.** On ne pouvait rien y faire/changer. – 29 **détourner** *ici* : garder, s'approprier (unterschlagen, sich illegal aneignen)

tionnement ». Il y avait des cartes pour le tabac, pour le charbon, pour les cahiers d'écolier, et des tickets qui nous donnaient le droit d'acheter certaines choses précises. Par exemple, chaque adulte avait droit à 275 grammes de pain par jour, ou alors 200

5 grammes de farine. Avec les autres tickets, on pouvait aussi avoir 100 grammes de viande (par semaine, et à condition d'en trouver !), 50 grammes de fromage, enfin, des choses comme ça. Quant au sucre ou au café, n'en parlons pas ; pour en obtenir du vrai, c'était la croix et la bannière.

10 – Maman, intervint Danièle, je ne sais pas si ces vieilles histoires intéressent les jeunes. Ça doit leur paraître... préhistorique.

– Ça m'intéresse, dis-je.

Et je ne mentais pas. Si cela ne m'avait jamais passionnée

15 jusqu'à ce jour, voilà que tout ce qui touchait aux années de la guerre (surtout 43-44, il faut bien l'avouer) me paraissait maintenant me concerner de près.

– Tu vois ! s'exclama Simone toute contente. Alors, pour en revenir au marché noir, il y avait des petits débrouillards qui

20 s'arrangeaient pour se procurer, on ne sait comment, des tas de marchandises diverses. Bien sûr, ce qui était pratique, c'est que du coup, on n'avait pas besoin de tickets pour les acheter... L'inconvénient, c'est que tout était à prix d'or. Mais je te l'ai dit, René n'était pas comme ça. Parfois même, dans les familles

25 très pauvres, il allait avec sa mère distribuer gratuitement de la farine. Sa mère, c'était une gentille femme, elle s'occupait des familles des prisonniers de guerre...

Elle s'interrompit une seconde pour sortir la tarte du four.

– ... Parce qu'alors là, les situations étaient dramatiques ! Les

30 femmes de prisonniers, ou bien elles crevaient de faim avec

---

6 **à condition d'(en trouver)** seulement si (on en trouvait) – 8 **obtenir** *ici :* réussir à avoir, recevoir (bekommen) – 9 **C'était la croix et la bannière.** C'était extrêmement difficile. (Das war ein Riesenaufwand.) – 10 **intervenir** interrompre pour rajouter qc (eingreifen, sich einschalten) – 11 **préhistorique** *péj* très ancien (vorsintflutlich) – 14 **passionner** → une passion ; vraiment intéresser – 15 **toucher à** concerner, être en relation avec (betreffen, zusammenhängen mit) – 17 **de près** *ici :* directement – 18 **s'exclamer** → une exclamation – 18 **pour en revenir à qc** pour reparler de qc mentionné avant – 19 **un débrouillard** [debʀujaʀ] *fam* → se débrouiller – 20 **se procurer** réussir à obtenir (sich beschaffen) – 20 **un tas de marchandises** un grand nombre de produits – 22 **du coup** *fam* par conséquent (deshalb) – 23 **un inconvénient** [ɛ̃kɔ̃venjɑ̃] un désavantage (Nachteil) – 25 **distribuer** donner à plusieurs personnes (verteilen) – 27 **un prisonnier** → une prison

leurs gosses, ou bien elles se crevaient la santé, dans les fermes par exemple, pour assurer le travail toutes seules. Tu imagines le travail dans une ferme ? Enfin… Pour en re-revenir au marché noir, comme tout était à prix d'or, ceux qui n'avaient pas
5 beaucoup d'argent pouvaient faire une croix dessus. Ils devaient se contenter de leurs tickets de rationnement.

Elle secoua la tête un moment. Elle tenait toujours la tarte à la main, mais je crois qu'elle ne s'en rendait pas compte.

– Chez nous, reprit-elle, on n'était pas riches, surtout depuis
10 qu'on avait empêché ma mère de travailler. Alors…

J'avais hâte qu'on en arrive à des sujets plus passionnants, ma grand-mère, par exemple, mais Danièle s'intéressa soudain :

– On empêchait grand-mère de travailler ? Je ne l'ai jamais su.

15 – Oh ! c'est parce que tu es née après la guerre. On n'avait pas envie de se rappeler les mauvais souvenirs et on évitait d'évoquer ce temps-là… Vous n'avez jamais entendu parler de la loi de 1940 sur les femmes ?

Danièle et moi, à une génération de différence, on était à
20 mettre dans le même sac. On ne savait pas grand-chose de cette maudite guerre.

– La loi de 40, reprit Simone, disait qu'il était interdit aux femmes mariées d'occuper un emploi et les renvoyait dans leur foyer.

25 – C'est incroyable !

– Ce fut affreux. D'abord pour celles qui avaient vraiment besoin de cet argent car leur mari gagnait peu et qu'elles avaient une famille nombreuse à nourrir. Ensuite, pour celles qui aimaient vraiment leur travail. Mon ancienne institutrice
30 en est morte de chagrin : ne plus pouvoir enseigner, s'occuper des enfants, lui fut un coup terrible.

J'étais vraiment sciée d'apprendre des choses pareilles mais, en même temps, je me demandais si Simone n'avait voulu me voir que pour me parler de la guerre. C'est à ce moment que

---

1 **Elles se crevaient la santé.** *fam* Elles travaillaient tellement qu'elles en tombaient malades. – 5 **faire une croix sur qc** *fam* renoncer à, abandonner (auf etw verzichten, etw abschreiben können) – 11 **avoir °hâte** [avwaʀˈat] *f* être pressé (in Eile/Hast sein) – 17 **évoquer** *ici :* parler de, se rappeler (in Erinnerung rufen) – 18 **une loi** [lwa] Gesetz – 19 **à une génération de différence** unterschieden (nur) durch eine Generation – 19 **à mettre dans le même sac** *ici :* pareil, semblable – 23 **occuper un emploi** avoir un poste, travailler – 24 **le foyer** [fwaje] *fig ici :* la maison, la famille, la cuisine (Haushalt, Heim und Herd) – 25 **incroyable** [ɛ̃kʀwajabl] qu'on ne peut pas croire – 28 **une famille nombreuse** une famille avec beaucoup d'enfants – 28 **nourrir** donner à manger (ernähren) – 30 **enseigner** donner des cours (unterrichten) – 32 **scier** [sje] *fam ici :* étonner, surprendre

Danièle, en commençant à servir la tarte au citron, fit remarquer :

– Il serait peut-être temps que tu dises à Nathanaëlle…

– Oui. Oui. Les jeunes, c'est toujours pressé.

5 Je crois que c'est Danièle qu'elle qualifiait de « jeune », elle qui était largement aussi « vieille » que mes parents. Chacun voit midi à sa pendule, comme disait Mamie.

Simone se tourna vers moi.

– Je voulais te parler de Virgile.

10 Ouh ! Mon cœur s'arrêta. J'eus du mal à déglutir.

– C'est que Danièle m'a rapporté ce que Raymonde s'est permis de prétendre : que ce serait Virgile qui aurait tué son mari.

J'étais un peu tendue, je demandai :

– C'est un mensonge ?

15 – Un mensonge… Pas complètement. Pas la vérité en tout cas, et je ne voudrais pas qu'on raconte du mal de Virgile. Tu vois, Virgile, c'était un type formidable. D'ailleurs, si je peux te le dire, toutes les filles étaient amoureuses de lui.

– Eh eh… ironisa Danièle avec un sourire en coin, toi aussi, 20 maman ?

– Oh ! Oui, là ! Moi aussi. Je n'ai pas honte, hein, tu n'imagines pas comme il était beau, et gai, et… Aujourd'hui, on appellerait ça un type super.

– Heureusement que papa n'est plus là pour entendre ça, 25 commenta Danièle d'un ton faussement scandalisé. Et lui, il était amoureux de toi ?

– Penses-tu ! Lui, il ne regardait que…

Elle ne finit pas sa phrase. Alors, sûre que tout ce que ma grand-mère avait écrit dans son journal était vrai, je proposai :

30 – Il ne regardait qu'Élise, ma grand-mère ?

– Comment tu sais ça toi ? Elle t'en a parlé ?

– Jamais. Je l'ai découvert par hasard. Vous disiez, à propos du mari de Raymonde… ?

– Ah oui ! Voilà : Virgile appartenait à la Résistance, et c'est 35 lui qui a fait sauter le dépôt de munitions des Allemands. Alors, tu comprends, quand les Boches ont pris des otages pour les

---

1 **servir** *ici :* partager, distribuer – 4 **pressé** *ici :* avoir hâte, ne pas vouloir attendre – 5 **qualifier de** appeler (bezeichnen als) – 6 **largement** au moins (mindestens) – 6 **Chacun voit midi à sa pendule.** *proverbe:* Chacun voit les choses à sa façon. – 10 **déglutir** schlucken – 11 **rapporter** *ici :* raconter – 13 **tendu** stressé – 14 **un mensonge** [mãsɔ̃ʒ] → mentir – 19 **ironiser** utiliser l'ironie pour se moquer (spotten) – 19 **avec un sourire en coin** mit einem Schmunzeln – 25 **d'un ton faussement scandalisé** en prétendant être choqué (in einem gespielten Tonfall der Empörung) – 32 **à propos de** *ici :* en parlant de (in Bezug auf)

fusiller et que son mari a été emmené, elle a dit que c'était la faute de Virgile, qu'il lui avait tué son mari… Mais évidemment, c'est plus compliqué que ça, tu saisis ?… Sans être complètement faux.

5 Danièle s'inquiéta :
– Elle l'a dénoncé ?
– Pas à ma connaissance. Je crois qu'elle n'a pas pu. Parce que les Boches, elle ne les aimait pas non plus.

On n'imagine pas comme j'étais soulagée pour Virgile, pour 10 ma grand-mère : son amoureux n'était pas un abominable traître et assassin.
– Mais alors, m'inquiétai-je, qu'est devenu Virgile ?
– Pour tout dire, je n'en sais rien. C'est ça qui est bizarre. Je pense qu'il a eu peur d'être dénoncé, et il a disparu de la circu- 15 lation. D'après son père, il est parti en Amérique, mais ce que prétendait le père Delahaye, est-ce qu'on pouvait le croire ? En tout cas, on n'a plus jamais eu de ses nouvelles.
– Vous croyez qu'il aurait pu revenir ?
– Revenir ? Virgile ? Pourquoi pas. Mais je ne l'ai pas vu. Et 20 crois-moi, si je le voyais, je suis sûre que je le reconnaîtrais.
– Madame… Est-ce que vous pensez… qu'il s'est passé quelque chose entre ma grand-mère et lui, et qu'il aurait pu revenir se venger d'elle ?

Simone me considéra avec des yeux ronds :
25 – Ma foi, je n'ai jamais songé à ça ! Virgile ? Revenir se venger ?
Elle réfléchit un moment, avant de souffler :
– J'espère que non. Quand il était jeune, crois-moi, cette attitude n'était pas son genre. Cependant on peut s'aigrir en 30 vieillissant… Oh mon Dieu ! J'espère que non !
Elle s'arrêta pour boire un peu de café, mais on voyait bien qu'elle pensait à autre chose.
– Ce que je n'ai jamais compris, reprit-elle enfin, c'est ce qui s'était passé entre Virgile et Élise. Il a disparu de la circulation 35 et, quinze jours après, elle épousait René. Non, je n'ai jamais bien compris… Je crois que je peux te le dire, parce que les

---

1 **emmené** [ãm(ə)ne] *ici :* arrêté par les soldats allemands – 3 **saisir** *ici :* comprendre – 6 **dénoncer qn** signaler qn comme coupable – 7 **Pas à ma connaissance.** Nicht dass ich wüsste. – 9 **soulagé** calmé (erleichtert) – 10 **abominable** détestable, horrible – 11 **un traître** Verräter – 14 **disparaître de la circulation** *fam* ne plus donner de ses nouvelles (von der Bildfläche verschwinden) – 17 **avoir des nouvelles de qn** savoir où qn se trouve, ce qu'il fait … – 24 **considérer qn avec des yeux ronds** jdn mit großen Augen betrachten – 25 **Ma foi !** *ici :* Tu as certainement raison. – 29 **s'aigrir en vieillissant** mit zunehmendem Alter verbittern

jeunes d'aujourd'hui sont moins coincés que ceux d'autrefois : à mon avis, Virgile et Élise, c'était le grand amour.

– Et pourtant, elle a épousé mon grand-père quinze jours après son départ.

5 – Inexplicable. Toutefois, quand le père Delahaye lui a dit qu'il était parti en Amérique, peut-être bien qu'il lui a dit autre chose aussi, je n'en sais rien.

Oui, j'en étais sûre, il lui avait dit autre chose. Sinon, comment expliquer ce qui s'était passé ? On ne change pas de mari 10 au pied levé sous prétexte que le premier est absent ! J'avais un peu de mal à respirer :

– Le père de Virgile, il est toujours vivant ?

– Le père Delahaye ? Non. Il y a longtemps qu'il est mort. Juste après la guerre, de colère, peut-être. Lui, il était pour Pétain et 15 tout le tintouin, et même carrément pour les Allemands. Chef de la Milice, il était ! Alors, tu penses, entre son fils et lui, bien sûr… Enfin, tout ça c'est des vieilles histoires.

Elle réfléchit :

– Attends, le père Delahaye est mort, mais pas sa femme. Elle 20 est à la maison de retraite, tu sais, à l'autre bout du village. « La Vallée », ça s'appelle.

– Mme Delahaye ? La mère de Virgile ?

– Elle a pas loin de cent ans, pourtant il paraît qu'elle a encore toute sa tête. Mais je ne sais pas si ces histoires sont pour toi. 25 Je me demande si ta grand-mère aurait été d'accord pour que tu fouilles dans sa vie. Même de savoir qu'elle a fréquenté un garçon avant d'épouser René…

Je la rassurai :

– Ça ne me choque pas. Aujourd'hui, c'est bien rare qu'on 30 épouse le premier garçon avec qui on sort.

– Oui… Évidemment. Remarque, moi j'aimerais bien savoir aussi ce qu'est devenu Virgile. Mais au fait, pourquoi t'y intéresses-tu, toi ? Ah… Ah oui ! Tu penses qu'il peut être responsable de la mort de tes grands-parents. Et si c'était vrai, tu le dirais à 35 la police ?

Je n'en savais rien, vraiment rien.

---

1 **coincé** *fam* timide, réservé (verklemmt) – 10 **au pied levé** sans s'y préparer, tout de suite (stehenden Fußes) – 14 **le Maréchal Pétain** Chef de l'État du régime de Vichy (zone libre), il a dirigé la France sous l'Occupation de 1940 à 44. – 15 **tout le tintouin** *fam ici :* tout le reste – 16 **tu penses** tu peux t'imaginer que – 20 **une maison de retraite** une maison pour les personnes âgées (Seniorenheim) – 26 **fouiller dans la vie de qn** *ici :* faire des recherches sur le passé de qn – 26 **Même de savoir que …** *ici :* Schon allein zu wissen, dass … – 32 **au fait** [ɔfɛt] à propos (übrigens)

Le fils de Virgile

Dire qu'au lieu de Blestin, j'aurais pu m'appeler Delahaye. Mais non, quelle imbécile ! Si ma grand-mère avait épousé Virgile, ils auraient peut-être eu des enfants, mais pas mon père ! Et si mon père n'était jamais né, moi non plus évidemment.

5   C'est incroyable de penser à quoi tient ma vie (et celle de tout le monde, il faut bien le dire) : AU HASARD. Que moi, j'aie vu le jour, relève du miracle. Il a fallu, depuis les plus lointains hommes préhistoriques, qu'un tel couche avec une telle, qu'une telle couche avec un tel... Et, en plus, que ce sperma-
10 tozoïde précis rencontre cet ovule précis, à chaque génération, en remontant à la nuit des temps... Comment est-ce que je suis là ? C'est une chance ahurissante, un hasard vertigineux. Finalement, j'ai drôlement de l'importance, il faudrait que j'y pense plus souvent.

15 Voilà que tout à coup, ça me donnait envie de faire quelque chose de bien de mon existence, je ne pouvais pas gâcher la chance qui m'avait été donnée de vivre. Il fallait que je prouve que je la méritais !

Je mourais d'envie d'aller voir Mme Delahaye, et j'avais en
20 même temps terriblement peur de ce qu'elle me dirait. Imaginons que Virgile ait déjà été marié quand il avait rencontré ma grand-mère, ou qu'il l'ait abandonnée parce qu'il en avait rencontré une autre ?

Et puis, j'avais peur d'apprendre qu'il était revenu et, je ne
25 sais pourquoi, je n'avais pas envie que ce soit lui le coupable. De toute façon, il était dix-huit heures et dans les maisons de retraite les pensionnaires sont à table, les visites sont finies. Je suis au courant, parce que lorsque mon arrière-grand-mère y

---

2 **Quelle imbécile !** [ɛ̃besil] *fam* Quelle idiote ! – 5 **à quoi tient ma vie** *ici :* de quoi dépend ma vie (wovon mein Leben abhängt) – 7 **voir le jour** être né (das Tageslicht erblicken) – 7 **Cela relève du miracle.** Das ist ein reines Wunder. – 7 **depuis les plus lointains hommes préhistoriques** *ici :* vom Beginn der Menschheit an – 8 **un tel, une telle** *ici :* Herr Soundso, Frau Soundso – 8 **coucher avec qn** avoir des relations sexuelles avec qn – 9 **un spermatozoïde précis** bestimmtes Spermium – 10 **un ovule précis** bestimmte Eizelle – 11 **en remontant à la nuit des temps** zurückgehend bis in die graue Vorzeit – 12 **vertigineux** Schwindel erregend – 13 **drôlement** *fam* enormément – 13 **l'importance** *f* → important (Bedeutung) – 16 **gâcher** *ici :* ne pas profiter de (verschwenden, verrinnen lassen) – 18 **mériter** verdienen, wert sein – 19 **mourir d'envie** avoir très envie – 25 **un coupable** Schuldige – 27 **un pensionnaire** *ici :* qui est en pension, qui vit dans une maison de retraite

était, nous allions toujours lui rendre visite en milieu d'après-midi, entre sieste et repas du soir.

Je repensai au cahier de Mamie. Ma vision des choses s'était modifiée, et le fait que Virgile ait « couru un danger » était bien
5 réel, mais pas pour les raisons que je supposais. Il était résistant, il risquait sa vie tous les jours.

Aussitôt rentrée, je repris le cahier, et je relus chacun des passages où Mamie parlait de Virgile. C'est alors que je m'aperçus que j'avais dû sauter une page, un peu collée sans doute, parce
10 que je ne me rappelais pas avoir lu quelque chose entre le 10 et le 17 décembre, premier jour où elle note que Virgile n'est pas venu.

Ah non ! je n'avais sûrement pas lu ça…

11 décembre. Ce matin, en me levant, je ne me suis pas sentie
15 *bien. Je crois que c'est à cause des topinambours d'hier soir. Je ne les supporte plus. Pourtant, j'aurais bien tort de me plaindre ; ici, on a au moins des légumes, et un poulet ou un lapin de temps en temps, parce que chacun peut cultiver un peu, élever quelques bêtes.*

20 *En ville, la situation est pire, et les femmes passent leurs journées à faire la queue devant chaque commerce : la boulangerie, l'épicerie, la crémerie, la boucherie. Ici, nous n'allons presque pas à la boucherie, et il n'y a guère de queue à la boulangerie, pour la bonne raison que le boulanger sait à quoi chacun a droit, et*
25 *quelle quantité de pain il doit prévoir. Qu'on se presse ou pas, on l'aura. Par contre, il est infect. Grand-mère dit qu'on doit tout de même remercier le Seigneur de nous le donner et que, dans bien des pays, bien des gens voudraient l'avoir, notre misérable pain noir.*

---

2 **une sieste** [sjɛst] → *espagnol :* siesta – 3 **une vision** une façon de se représenter les choses (Sichtweise) – 4 **modifier** changer légèrement – 7 **aussitôt rentrée** après que j'étais rentrée – 9 **J'avais dû sauter une page.** Ich musste wohl eine Seite ausgelassen/übersprungen haben. – 9 **coller** fixer avec de la colle (festkleben) – 15 **un topinambour** Topinambur (Gemüse- und Futterpflanze) – 16 **avoir tort** ≠ avoir raison (Unrecht haben) – 18 **un lapin** Kaninchen – 18 **cultiver** *ici :* planter des légumes – 20 **pire** *comparatif de* mauvais – 21 **faire la queue** attendre avec d'autres personnes dans une file (devant un magasin) (Schlange stehen) – 21 **un commerce** *ici :* un magasin, une boutique – 22 **une épicerie** un magasin où l'on vend des produits d'alimentation générale (Lebensmittelgeschäft) – 22 **une crémerie** un magasin où l'on vend des produits à base de lait – 22 **une boucherie** un magasin où l'on vend de la viande – 25 **qu'on se presse ou pas** même si l'on fait vite – 26 **infect** [ɛ̃fɛkt] très mauvais, dégoûtant (widerlich) – 27 **le Seigneur** Dieu – 28 **bien de(s)** beaucoup de

*12 décembre. René est venu nous apporter de la farine. Quand
j'ai aperçu sa bicyclette dans la cour, je me suis bien gardée de
descendre de ma chambre. Je ne supporte pas qu'il me regarde
avec ces yeux-là. J'en serais sûrement ravie si j'étais amoureuse*
5 *de lui, mais comme ce n'est pas le cas, ça m'agace, et même ça me
dégoûte un peu.*

*13 décembre. Ce matin, je me suis sentie encore affreusement
mal. Ce n'est sûrement pas à cause des topinambours, je n'en ai
pas mangé. À vrai dire, je suis un peu inquiète.*

10 *René est revenu. Ça me gêne que maman accepte ses cadeaux,
c'est comme si elle m'engageait. Moi, je ne veux pas, je ne veux
rien lui devoir.*

*14 décembre. Mon Dieu! Ce matin j'ai vomi, et puis il y a
d'autres signes, auxquels je n'avais pas prêté attention tout*
15 *d'abord. J'ai grand peur de savoir ce qui se passe, et je n'arrive
pas à en être malheureuse. Quand j'ai compris, j'ai même eu
une bouffée de bonheur. C'est après avoir réfléchi que je me suis
trouvée vraiment peu raisonnable. Mais raisonnable ou pas, je
ne vois pas ce que cela change à la situation. Il faut que je le dise*
20 *à Virgile. Je sais que ça l'ennuiera un peu qu'on se marie tout de
suite, parce que sa vie ne tient qu'à un fil et qu'il ne voudrait pas
détruire la mienne. Mais qu'on soit mariés ou non, je ne vois pas
ce que cela changerait à ma douleur s'il disparaissait. Mon Dieu,
je ne veux pas penser à des choses pareilles! Il est vivant et je veux*
25 *le garder. On va se marier, je vais porter son nom. Est-ce qu'un tel
bonheur est possible?*

Je m'arrêtai de lire. Ce que disait Mamie, ce n'était pas clair
clair, pourtant il n'y avait guère d'autre interprétation : elle était
enceinte! Enceinte! Pas de mon grand-père, bien sûr, il n'en
30 était pas question! Elle était enceinte de Virgile! Depuis quand?
Voyons... (Je réfléchis.) Elle s'en rend compte le 11 décembre
pour la première fois, en tout cas c'est là qu'elle ressent son premier malaise en se levant. Je ne m'y connais pas vraiment, mais

---

2 **une bicyclette** [bisiklɛt] un vélo – 2 **se garder de** faire attention à ne pas faire (sich
hüten zu) – 4 **ravi** très content (entzückt) – 10 **gêner** déranger (stören) – 11 **engager**
ici : promettre sa fille à un jeune homme – 12 **devoir qc à qn** *ici :* être l'obligé de qn
(jdm zu etw verpflichtet sein) – 14 **prêter attention à** faire attention à (achten auf) –
16 **J'ai eu une bouffée de bonheur.** Mir wurde heiß und kalt vor Glück. – 17 **se trouver
peu raisonnable** penser qu'on n'est pas très sérieux (→ la raison) – 20 **ennuyer qn**
[ãnɥije] *ici :* gêner qn, déranger qn – 21 **Sa vie ne tient qu'à un fil.** Sein Leben hängt
nur an einem seidenen Faden. – 27 **clair clair** *fam* très clair – 29 **enceinte** [ãsɛ̃t] qui
attend un enfant (schwanger)

je suppose qu'elle était enceinte depuis un petit moment sans le savoir, mettons un mois ou deux. Le bébé aurait été conçu… disons entre le 11 octobre et le 11 novembre. S'il avait survécu, il serait né entre (je comptai sur mes doigts) juillet et août 1944.

5 Bon sang ! J'en restai sur le flanc : le bébé avait survécu. C'était mon père ! Ce bébé était mon père, né le 4 août 1944. Il n'y avait aucun doute là-dessus. Mon père était le fils de Virgile.

Ça alors ! J'en étais ahurie. Tellement, que je demeurai un long moment les yeux dans le vague, avant de pouvoir reprendre ma 10 lecture.

15 décembre. Virgile est très heureux de cet enfant, et pourtant il nous complique bien la vie. Je n'en parlerai pas aujourd'hui à mes parents, d'abord parce que c'est difficile à dire, ensuite parce que Virgile m'a demandé de garder le secret encore quelques jours. 15 *Il a des choses importantes à faire, et voudrait que j'attende qu'il vienne officiellement demander ma main à mes parents, avant de les mettre au courant.*

« Demander la main », cela faisait vraiment vieille France… Enfin, autrefois, sans doute qu'il n'était pas question d'agir 20 autrement. La suite…

À la réflexion, je ne leur dirai peut-être rien. Le bébé passera pour prématuré, c'est tout. Virgile viendra après-demain. Je suis heureuse ! Heureuse ! Je me demande si on a le droit d'être aussi heureux, surtout en temps de guerre.

25 Je tournai la page en vitesse mais, là, on arrivait à :

17 décembre. Virgile n'est pas venu.

Voilà que cela prenait pour moi un tout autre sens. Le jour où il devait venir « demander la main » d'Élise, Virgile avait disparu. Ça paraissait vraiment un peu gros ! « Il avait des choses 30 à faire ». Il avait à filer, oui, pour ne pas prendre ses responsabilités !

---

2 **mettons** *fam* disons (Gehen wir einmal von … aus.) – 2 **conçu** *ici : participe passé de* concevoir (zeugen) – 3 **survécu** *participe passé de* survivre – 4 **compter sur ses doigts** utiliser ses doigts pour compter (an den Fingern abzählen) – 5 **J'en restai sur le flanc.** J'en restai bouche bée. – 7 **un doute** Zweifel – 7 **là-dessus** *ici :* à ce sujet-là – 8 **Ça alors !** *pour exprimer qu'on est choqué ou étonné :* C'est incroyable ! (Na, so was !) – 8 **demeurer** [d(ə)mœʀe] *vx ou litt ici :* rester – 9 **les yeux dans le vague** sans rien regarder de précis (ins Leere starrend) – 12 **compliquer** rendre difficile – 16 **demander la main de qn** demander qn en mariage (um jds Hand anhalten) – 21 **à la réflexion** Quand j'y réfléchis bien… – 22 **un prématuré** un bébé né avant la date calculée (eine Frühgeburt) – 27 **Cela prenait un tout autre sens.** Dies bekam eine völlig andere Bedeutung. – 29 **paraître un peu gros** *ici :* être trop simple – 30 **Il avait à filer.** Il devait disparaître/fuir. – 30 **prendre ses responsabilités** *fpl ici :* accepter son devoir de mari et de père (seine (Ehe-/Vater-)Pflichten übernehmen)

J'en avais mal au cœur. Voilà ce que le père Delahaye avait
dû révéler à Élise : que son fils était parti en Amérique et qu'il
n'avait aucune intention de l'épouser. La phrase de la vieille
Raymonde me revint. Je n'avais pas compris sur le coup. Elle
5 avait dit en substance qu'Élise avait eu de la chance de trouver
René pour l'épouser.

Parce qu'elle était enceinte d'un autre ? Bien sûr ! Mais comment Raymonde le savait-elle ?

Après coup, peut-être, à cause de la date de naissance de mon
10 père.

Et mon père qui se croyait prématuré ! Non seulement il
n'était pas prématuré, mais il n'était pas le fils de Pilou !

C'était une vraie cata. Est-ce que je pouvais révéler une chose
pareille à mon père, qui vénérait tellement le sien ?

15 « J'ai eu de la chance d'avoir un tel père, répétait-il souvent,
vous n'imaginez pas. Quand j'étais petit et que je pleurais la
nuit, c'est lui qui se levait. Bien sûr, aujourd'hui, vous trou-
vez ça ordinaire, seulement, en ce temps-là, les hommes ne
s'occupaient pas des bébés, ils auraient même eu honte de le
20 faire. C'était le travail des femmes. Le maternage, ça dit bien ce
que ça veut dire. »

Pilou était encore plus extraordinaire que mon père ne le
croyait : il avait épousé une femme qui était enceinte d'un autre,
qui était amoureuse d'un autre, et s'était occupé de cet enfant
25 mieux que s'il avait été le sien. Pourtant, il était forcément au
courant de la situation. Il ne pouvait pas imaginer qu'Élise change d'avis à son sujet en deux jours, elle lui avait forcément avoué
qu'elle attendait un bébé. Si elle ne l'avait pas fait, il n'aurait
de toute façon pas été dupe d'une naissance à sept mois ! Mon
30 grand-père était vraiment un homme remarquable.

Voilà, ça expliquait le trou dans le cahier entre le 22 décembre
(Virgile n'est pas venu) et le 26 (Je vais épouser René).

Entre ces deux dates, elle a su que Virgile l'avait abandonnée,
réalisé que son bébé n'aurait pas de père, et une situation qui
35 n'a guère de conséquences aujourd'hui était une vraie horreur

---

3 **une intention** [ɛ̃tɑ̃sjɔ̃] → *anglais :* intention (Absicht) – 4 **sur le coup** d'abord, tout de
suite – 5 **en substance** en résumé (im Großen und Ganzen) – 9 **la date de naissance**
la date à laquelle on est né – 13 **C'est la cata !** *fam* C'est une catastrophe ! – 14 **véné-
rer** *litt* aimer, respecter énormément (verehren) – 18 **en ce temps-là** à cette époque –
20 **le maternage** s'occuper d'un bébé comme sa mère le ferait (Bemuttern) – 27 **à son
sujet** quant à lui (ihn betreffend) – 29 **être dupe de qc** croire naïvement à qc (auf …
hereinfallen) – 31 **trou** *ici :* vide (Lücke)

autrefois. Les enfants « sans père » (drôle d'expression) on les appelait même des « bâtards ». On se demande ce que les gens avaient dans la tête. Tous les enfants naissent d'un homme et d'une femme, on ne voit pas ce que ça change que leurs parents
5 soient mariés ou non !

Bref, pour Mamie, il était impossible de laisser son bébé sans père. Alors… Pilou.

Pilou était encore mieux qu'un excellent père, il m'apparaissait maintenant comme une sorte de saint, papa n'avait pas tort.
10 En plus, quand on sait comment il traitait amoureusement sa femme, on est encore plus étonné : jamais un mot plus haut que l'autre, toujours aux petits soins… Alors que, vu la mentalité de l'époque, il aurait pu avoir de la rancœur qu'elle ait attendu un enfant d'un autre. Ce qui paraît banal aujourd'hui ne l'était pas
15 autrefois.

Et si, après tout ça, Virgile était revenu pour…

Mais pour se venger de quoi ? Tout était de sa faute !

Non, à mon avis, Virgile n'était pas revenu se venger, ça serait un peu énorme. À moins que…
20 Je songeai à autre chose. Et si Virgile ne l'avait pas abandonnée, qu'il avait seulement été obligé de s'enfuir après l'explosion du dépôt de munitions ? Peut-être qu'il était vraiment parti en Amérique, en laissant malgré lui Élise dans cette terrible situation. Personne ne savait quand il reviendrait, il aurait fallu
25 attendre de longues années… Élise pouvait-elle attendre, avec son enfant sans père ?

Dans ces conditions, une vengeance… Il faudrait vraiment qu'il soit un peu malade. Sauf qu'on ne sait jamais ce qui peut arriver dans la vie des gens.
30 Je ne mangeai même pas ce soir-là. Une question me tracassait : est-ce que je devais révéler tout cela à mon père ? C'était une terrible responsabilité.

D'habitude, ce sont les parents qui se torturent pour savoir s'ils doivent avouer à leurs enfants qu'ils les ont adoptés, ou
35 qu'ils n'ont pas le père qu'ils croient, etc. Et ici, c'était moi qui

---

2 **un bâtard** *ici :* un enfant né de parents non mariés – 8 **excellent** *ici :* parfait – 10 **traiter qn** s'occuper de qn (behandeln) – 11 **jamais un mot plus haut que l'autre** jamais élever la voix, jamais se mettre en colère – 12 **la mentalité** [mɑ̃talite] *ici :* la façon de penser (Einstellung) – 13 **avoir de la rancœur** en vouloir à qn après une injustice (einen Groll hegen) – 14 **banal** ordinaire ; (≠ original) – 19 **à moins que ne** …+ *subj* es sei denn, dass … – 21 **s'enfuir** fuir, disparaître – 23 **malgré lui** contre son gré/intention (gegen seinen Willen) – 30 **tracasser** inquiéter, tourmenter (quälen) – 33 **se torturer** se tourmenter (sich quälen)

me questionnais pour décider si je devais annoncer à mon père que son père n'était pas son père. Enfin… J'avais toute la nuit, et même quelques jours encore pour y penser.

Finalement, quand je vois la situation aujourd'hui, je me dis que j'ai bien fait de ne pas en parler sur le moment, au télé-phone. Ç'aurait été épouvantable. Mais n'allons pas trop vite, il faut que je raconte la suite dans l'ordre, et ce n'est pas bien facile.

1 **se questionner** s'interroger, se poser des questions – 5 **j'ai bien fait** j'ai pris la bonne décision – 7 **dans l'ordre** *m ici :* un événement après l'autre (der Reihe nach)

Les photos racontent mieux que personne

Je m'endormis tellement tard, je dormis tellement mal, que c'est le coup de téléphone des parents qui me réveilla. Il était plus de neuf heures.

J'avais fait un rêve affreux : Virgile voulait obliger Mamie à
5 sauter par-dessus le ruisseau, et elle n'y arrivait pas. Elle pleurait et tombait dedans. Et je sentais sa chute comme si c'était moi qui tombais. Une impression effrayante.

En entendant mon père au bout du fil, je me sentis coupable ; sans doute comme les parents qui se font des secrets et se tai-
10 sent dès que les enfants entrent dans la pièce. Parfois, ce sont des secrets agréables (par exemple les cadeaux de Noël) et on les apprend après. Parfois, ça reste secret pour toujours et on n'en sait jamais rien.

Papa avait l'air gai, tellement que je lui en voulus presque et
15 que, l'espace d'une seconde, j'eus envie de lui révéler ce que je venais d'apprendre, et dans quelles affres je me trouvais. Je me retins à temps : ils avaient le droit d'être heureux, même s'il me semblait que ce n'était pas le moment !

Il fallut que je leur dise que oui, tout allait bien, que non, il
20 n'y avait aucun problème. Ils me trouvaient une voix bizarre. En fait, c'est très difficile de tromper ses parents. Alors j'essayai de prendre un ton plus dégagé et je leur dis que c'était à cause de la ligne, qui était mauvaise, et que ce n'était pas étonnant, vu la distance à laquelle ils se trouvaient.

25 Non, ici il ne faisait pas très chaud. Là-bas, ils crevaient de chaleur.

– On est obligés de se réfugier à l'hôtel en milieu de journée, avec les ventilateurs à fond pour tenter de se rafraîchir un peu, bien que les gens d'ici trouvent la chaleur encore très suppor-

---

2 **réveiller qn** sortir qn du sommeil/du lit (jdn aufwecken) – 9 **se faire des secrets** *mpl* avoir des secrets – 9 **se taire** *ici :* ne plus rien dire (schweigen) – 10 **dès que** aussitôt que (sobald) – 11 **agréable** qui fait plaisir – 15 **l'espace** *(m)* **d'une seconde** *ici :* pendant une petite seconde – 16 **les affres** *fpl litt* une situation de douleur/de peur affreuse – 17 **à temps** juste au bon moment (rechtzeitig) – 22 **prendre un ton plus dégagé** parler d'une voix plus légère, moins forcée – 23 **la ligne** *par extension :* Telefonleitung – 26 **une chaleur** → chaud – 27 **se réfugier** se retirer dans un lieu pour se protéger/fuir – 28 **à fond** au maximum (auf die höchste Stufe gestellt) – 28 **se rafraîchir** ≠ se réchauffer (sich abkühlen) – 29 **supportable** *ici :* → supporter ; tolérable (erträglich)

table. Apparemment, c'est bien pire en juin. Jusqu'à hier, tout était archi-sec ; heureusement, il vient de pleuvoir, je dis « heureusement », parce qu'il commençait à y avoir une poussière affreuse, on avait même du mal à respirer. On ne sortait plus
5 qu'avec un mouchoir sur le visage. Et puis, d'un coup, une pluie torrentielle.

Maman prit alors le combiné :

– On était en train de visiter un monastère à Bodhnath ; on venait d'entrer dans la cour quand la pluie s'est abattue sur
10 nous. Cela donne un avant-goût de ce que doit être la mousson, qui va commencer le mois prochain. L'averse a été tellement brutale qu'on a dû courir se mettre à l'abri sous l'auvent du monastère, mais ça tombait si dru que même à deux mètres en arrière, on était éclaboussés. Alors les moines (tu sais, des
15 bouddhistes, ceux qui sont vêtus en bordeaux et safran), tu vois de quoi je parle ?

Oui, j'avais consulté les documentaires avec eux, bien que ça me semble dans une autre vie.

– Ces moines étaient charmants, ils nous ont fait signe d'entrer
20 dans le lieu de prière. On a laissé les chaussures à la porte, et on s'est assis par terre dans un coin, sur un tapis. On est restés là pendant deux heures, en attendant la fin du déluge.

– Ne crois pas, reprit papa, qu'on se soit ennuyés une seule seconde à écouter leurs psalmodies. À la fin, on aurait pu chanter
25 avec eux ; pas les paroles, mais la musique sûrement. Pendant ce temps, il y avait des petits garçons, huit ou neuf ans, même tenue que les grands, qui passaient le chiffon sur le plancher

---

2 **archi-sec** [aʀʃisɛk] extrêmement sec – 3 **la poussière** Staub – 5 **un mouchoir** Taschentuch – 5 **d'un coup** tout à coup, brusquement – 6 **torrentiel** qui coule comme un torrent/très fort (wie aus einem reißenden Bach) – 7 **un combiné** la partie du téléphone pour écouter et parler – 8 **un monastère** un lieu isolé où habitent des moines (Mönchskloster) – 9 **s'abattre sur** tomber fort sur – 10 **un avant-goût** *ici :* une première idée (Vorgeschmack) – 10 **la mousson** un vent d'hiver/d'été qui modifie le climat pendant six mois (Monsun) – 11 **une averse** une pluie soudaine et de courte durée (Schauer) – 12 **à l'abri** sous la protection – 12 **un auvent** un toit au-dessus d'une entrée (Vordach) – 13 **dru** *ici : adv* fort (heftig) – 14 **en arrière** derrière (hinten) – 14 **éclaboussé** bespritzt – 14 **un moine** un religieux qui vit selon les règles d'un ordre (Mönch) – 15 **se vêtir** → un vêtement ; s'habiller – 15 **en bordeaux et safran** de couleur rouge foncée et jaune orange – 17 **consulter les documentaires** regarder les reportages – 20 **un lieu de prière** Gebetsstätte – 21 **par terre** directement sur le sol (auf den Fußboden) – 21 **un tapis** Teppich – 22 **un déluge** une pluie torrentielle (Sintflut) – 24 **une psalmodie** façon de chanter les psaumes (Psalmengesänge) – 27 **une tenue** *ici :* un vêtement – 27 **passer le chiffon sur** nettoyer/polir à l'aide d'un morceau de tissu – 27 **un chiffon** un morceau de tissu qui sert à nettoyer (Staubtuch) – 27 **un plancher** *ici :* un sol de bois (Holzboden)

sans arrêt. Ça n'avait pas l'air d'être une corvée, ils se payaient de fameuses glissades et avaient l'air de bien rigoler. De temps en temps, ils venaient embêter les grands, c'était plutôt décontracté. Je crois que ça nous a fait du bien, cette paix. Tu vois, le
5 monde continue à tourner.

Oui, le monde tournait. Comme ci comme ça. Jamais je n'avais eu si fort l'impression que mes parents étaient loin de moi, et je ne parle pas au sens propre.

Ils me prodiguèrent quelques conseils bien sentis : d'être
10 prudente, de ne pas ouvrir à n'importe qui, de ne pas oublier de fermer la porte à clé le soir, bref, des choses auxquelles je n'aurais vraiment pas pensé !!! Les parents nous prennent toujours un peu pour des demeurés… À moins qu'ils ne cherchent à se rassurer. Oui, je crois que c'est ça.

15 Je leur souhaitai une bonne fin de séjour et raccrochai.

Tant mieux s'ils étaient décontractés, parce qu'ici, c'était l'angoisse. J'avais une peine terrible pour Mamie. Je prenais conscience que, si elle ne mangeait pas beaucoup et s'évanouissait souvent, il y avait des raisons. Est-ce que, cin-
20 quante ans après, elle ne s'était pas remise ? Quelle histoire affreuse !

Moi, je ne m'en remettais pas bien non plus. Je réalisais le drame qu'avait dû être le mariage de Mamie. Elle épousait un homme qu'elle n'aimait pas, juste pour que son enfant ne
25 souffre pas de n'avoir « pas de père ». Je comprenais maintenant son attitude envers lui. Même si elle ne partageait pas ses idées, elle n'en disait rien parce qu'elle lui devait de la reconnaissance et, à force de ne rien dire, elle s'était effacée petit à petit.

J'étais triste aussi pour Pilou. Il s'était marié avec une femme
30 qui n'était pas amoureuse de lui (bien qu'elle ne l'ait jamais laissé paraître). Lui, il était amoureux pour deux, et il avait tout fait pour qu'elle soit heureuse. Finalement, ils s'étaient quand

---

1 **sans arrêt** sans cesse, sans interruption – 1 **Ils se payaient de fameuses glissades.** Sie genehmigten sich fabelhafte Rutschpartien. – 4 **une paix** [pɛ] *ici :* un calme ;
→ *latin :* pax (Ruhe, innerer Frieden) – 6 **comme ci comme ça** ni bien ni mal (so là
là) – 8 **au sens propre** im wörtlichen Sinn – 9 **prodiguer** donner beaucoup/énormé-
ment (jdn mit etw überschütten) – 9 **bien senti** treffend – 13 **un demeuré** *fam* une
personne simple/pas très intelligente, lente – 17 **une peine** une grande tristesse –
25 **souffrir de** devoir supporter une situation pénible (leiden an) – 27 **Elle lui devait de
la reconnaissance.** Sie war ihm zu Dank verpflichtet. – 28 **à force de ne rien dire** en
ne disant jamais rien (indem/da sie nichts sagte) – 28 **petit à petit** peu à peu (nach
und nach) – 31 **laisser paraître qc** *ici :* montrer qc, laisser voir qc (sich etw anmerken
lassen)

même bien entendus, ils avaient vécu une vie harmonieuse, ce qui consolait un peu.

Je remontai dans le grenier, avec l'envie de revoir la photo de groupe, celle de l'anniversaire de Simone. Parce que là, ils étaient tous les trois.

Je relus la date : 3 août 1943.

Le 3 août 1943, Élise était amoureuse de Virgile, c'est pourquoi elle paraissait si heureuse. Et lui, il riait aussi avec beaucoup de gaieté. Pilou, au contraire, ne riait pas.

À la lumière de ce que j'avais appris, je pouvais interpréter clairement ce que je voyais. Pilou ne regardait jamais le photographe. Sur la première photo, il tournait la tête à droite, c'est là que se trouvait Élise. Sur la deuxième, il regardait en coin... vers ici... et ici, se trouvait Virgile. L'histoire tout entière était dans cette photo : René était amoureux d'Élise, qui aimait Virgile. D'ailleurs, ce jour-là, René et Virgile s'étaient disputés à propos d'on ne savait quoi.

J'attendis dix heures et demie pour rendre visite à la mère de Virgile, Mme Delahaye, heure qui me paraissait raisonnable, entre soins du matin et repas de midi.

Mme Delahaye était une très gentille vieille dame, l'air juste un peu fatigué, les cheveux très blancs bien bouclés par le coiffeur, des mains décharnées et couvertes de petites taches marron, mais qu'elle agitait avec encore beaucoup d'agilité. Je lui racontai que je préparais pour ma classe un exposé sur les résistants pendant la dernière guerre, et que quelqu'un m'avait parlé de Virgile.

– Virgile ?

Elle eut l'air un peu troublée, puis elle déclara :

– Moi, je peux vous raconter des choses de la guerre, si vous voulez, mais je ne peux rien vous dire sur la Résistance.

– Pourtant, Virgile en faisait partie.

– Virgile faisait ce qu'il voulait.

Son ton était devenu sec et, malgré cela, je restais persuadée que c'était une gentille vieille dame.

---

1 **s'entendre** *ici :* se mettre d'accord (sich verstehen) – 1 **harmonieux** → l'harmonie *f* – 2 **consoler** *ici :* rassurer (trösten) – 9 **la gaieté** [gete] → gai – 10 **à la lumière de** angesichts – 20 **les soins** *mpl* die Pflege, die Betreuung – 22 **bouclés** in Locken gelegt – 23 **décharné** devenu maigre (abgemagert) – 23 **une tache** *ici :* (Alters-)Fleck – 24 **agiter avec agilité** *f* bouger avec facilité (mit Leichtigkeit bewegen) – 29 **troublé** embarrassé (verlegen) – 32 **faire partie de** *ici :* appartenir à (etw angehören)

– Est-ce que vous savez où est Virgile aujourd'hui ? insistai-je. Je pourrais peut-être l'interroger.

– Virgile ?

C'était bizarre, cette façon de reprendre son nom en forme
5   d'interrogation.

– Oui.

– Je n'en ai aucune idée. Il est parti en Amérique.

– Pendant la guerre ?

– C'est ça. En décembre 1943.

10 – Et maintenant, il est revenu ?

– Oh non, je ne crois pas.

– Que fait-il, alors ?

– Comment le saurais-je ? Depuis le jour de son départ, il n'a donné aucune nouvelle.

15 – Alors, m'étonnai-je, vous ne savez même pas s'il est vraiment allé en Amérique !

– Si, ça je le sais : mon mari a reçu une lettre de lui. Il était tellement en colère qu'il l'a brûlée.

– Pourquoi était-il en colère ?

20 Cela ne me regardait vraiment pas, et pourtant Mme Delahaye n'eut pas l'air offusquée par ma question.

– Il était furieux parce que Virgile fuyait son pays, au lieu de rester pour aider à le reconstruire.

– Mais il y avait la guerre et les Allemands ! Comment
25 reconstruire ?

La vieille dame secoua la tête d'un air maussade :

– Normalement, il n'y avait plus la guerre, les Allemands l'avaient gagnée en 40. Mon mari disait qu'être sous les ordres des Allemands, c'était toujours mieux que d'être sous les ordres
30 des cocos.

Je dus avoir une expression franchement intriguée, car elle expliqua finalement :

– Les communistes, quoi !

Ah !

35 La vieille dame se tut. Je ne savais pas trop quoi faire. Le mieux, c'était que je m'en aille. C'est alors que la vieille dame secoua de nouveau la tête et dit :

– Virgile, il était plutôt copain avec les communistes, et son père ne le supportait pas.

---

20 **Cela ne me regardait pas.** Das ging mich nichts an. – 21 **offusqué** choqué –
23 **reconstruire** wieder aufbauen – 26 **maussade** de mauvaise humeur (missmutig) –
28 **sous les ordres des Allemands** deutschem Befehl unterstellt – 30 **les cocos** *fam péj*
les communistes – 35 **se tut** *passé simple de* se taire

Elle me regarda, tendit la main vers sa table de nuit, et sortit du tiroir une photo.

– Il ne le supportait pas, poursuivit-elle, parce que lui, il était chef de la Milice, alors évidemment !

5 La photo qu'elle me tendit représentait un groupe d'hommes habillés de sombre (ou de noir, comment savoir sur une photo en noir et blanc ?), genre soldats, avec un grand béret de même couleur. C'est sans doute cela qu'on appelait « la Milice ».

– Cette photo a été prise le jour où on a réquisitionné les che-
10 vaux, ça je me le rappelle bien. Même que mon mari a donné le nôtre aussi, par honnêteté, vous comprenez. Mon mari se trouve ici…

De son doigt déformé par l'âge, elle me désigna un homme pas très grand, le regard fixe, l'air sûr de lui. J'allais lui rendre la
15 photo quand mon œil fut arrêté par quelque chose, je ne sais pourquoi. Je suspendis mon mouvement et jetai un nouveau coup d'œil à « la Milice ». À côté du père Delahaye, il y avait un visage que je connaissais.

Ma mâchoire se crispa, je fixai maladivement les traits de ce
20 visage. Je ne pouvais pas me tromper : c'était Pilou, en uniforme de milicien. Sur le moment, ça me donna envie de pleurer. « Ils n'étaient pas du même bord… » Non. Et je découvrais, le cœur serré, que je préférais celui de Virgile.

Comme quoi les photos savent raconter des histoires. Il faut
25 juste posséder la clé, le code, pour arriver à déchiffrer.

– C'est… demandai-je avec difficulté.

– Celui-ci ? C'est René Blestin. Oh ! Un gentil garçon. Vous le connaissez ?

J'eus un court moment d'hésitation avant d'avouer :
30 – C'est mon grand-père.

Et disant cela, je réalisai qu'il n'était pas mon grand-père. Jusque-là, seul m'avait frappé le fait que Pilou n'était pas le père de Papa, c'est idiot mais c'est ainsi. À ce moment-là, je pris con-

---

6 **sombre** ≠ clair – 7 **un béret (basque)** Baskenmütze – 11 **par honnêteté** [paʀɔnɛtte] pour être correct (aus Ehrlichkeit) – 13 **désigner** *ici :* montrer du doigt (zeigen auf) – 14 **l'air sûr de lui** selbstsicher – 14 **J'allais lui rendre la photo quand** … Ich wollte ihr gerade das Foto zurückgeben, als… – 15 **mon œil** *ici :* mon regard – 16 **suspendre** interrompre, arrêter – 19 **Ma mâchoire se crispa.** *ici :* Meine Gesichtsmuskeln verkrampften sich. – 19 **maladivement** → malade ; de façon anormale – 19 **les traits de visage** *mpl* Gesichtszüge – 22 **le cœur serré** mit ergriffenem Herzen – 25 **déchiffrer** *fig* comprendre (entziffern) – 32 **frapper qn** *ici : fig* étonner, toucher (verblüffen ; bestürzen)

science que Virgile était mon vrai grand-père, et par conséquent cette vieille dame mon arrière-grand-mère.

Elle me considérait soudain avec une attention terrible, et même affreusement gênante. Heureusement, une infirmière entra pour annoncer que c'était l'heure de descendre pour le repas. Dans les maisons de retraite, on mange vraiment très tôt.

Comme je regagnais la sortie, j'entendis qu'on courait dans le couloir.

– Mademoiselle ! appela l'infirmière.

Je me retournai, surprise.

– Mme Delahaye voudrait que vous reveniez la voir cet après-midi.

– Pourquoi ?

– Elle a dû prendre goût à votre conversation. Vous savez, les vieilles personnes s'ennuient terriblement ici. Bien sûr, vous n'êtes pas obligée. Pour les jeunes, ce n'est pas un lieu très agréable et, cet après-midi, il y a toutes les chances pour que Mme Delahaye vous ait complètement oubliée.

Je ne savais pas trop ce qu'il fallait faire. Je détestais ce genre d'endroit, mais cette vieille dame, bien qu'elle n'en sache rien, était mon arrière-grand-mère.

---

4 **gênant** désagréable, embarrassant (peinlich) – 4 **une infirmière** qui travaille dans un hôpital, une maison de retraite (Krankenschwester) – 15 **prendre goût à** commencer à aimer (Gefallen finden an) – 16 **s'ennuyer** ne pas savoir quoi faire (sich langweilen) – 18 **il y a toutes les chances pour que …** il se peut très bien que …

Une histoire terrible

Je vous passe mes cogitations du midi. Pas très gaies.

On pouvait être milicien et « gentil garçon », « bon père » et « le meilleur des hommes ». Un jour, Pilou m'avait dit : « On ne peut pas tenir rigueur à un homme toute sa vie de ce qu'il
5 a fait à vingt ans. Il est peut-être le premier à le regretter. » Il parlait alors d'un homme qui était en prison pour hold-up, mais je comprenais maintenant qu'il parlait aussi pour lui. Et puis, comment juger ? Si j'avais vécu à cette époque, comment aurais-je réagi ?

10 Je me souviens opportunément de l'expression de maman : « C'est toujours facile de savoir après coup ce qu'il aurait fallu faire. »

Je ne savais pas ce qui s'était passé, cependant ce qui était sûr, c'est qu'après cela, Pilou avait radicalement changé de point
15 de vue. Il détestait les Allemands. Il ne voulait même pas que j'aille en Allemagne en échange scolaire ! Mais comme disait mon père, « heureusement que les enfants n'adoptent pas les haines de leurs aînés. Parce qu'on devrait se considérer comme fâché avec tous les peuples de la terre : ceux qui nous ont enva-
20 his et ceux qu'on a envahis. Les Russes refuseraient de parler aux Français à cause de Napoléon, les Français aux Anglais à cause de Jeanne d'Arc, les Chinois aux Mongols, les Américains aux Japonais, les Mexicains aux Espagnols, les Normands aux Bretons… »

25 Je repris le chemin de la maison de retraite avec une certaine appréhension.

La vieille dame fut ravie de me voir : quoi qu'en dise l'infirmière, elle ne m'avait pas oublié le moins du monde. Elle m'accueillit par un mouvement de bras surpris et heureux, qui

---

1 **une cogitation** une réflexion (→ *latin:* cogito) – 4 **tenir rigueur à qn de qc** en vouloir à qn de qc (jdm etw übel nehmen) – 6 **un °hold-up** [ˈɔldœp] un vol armé (bewaffneter Raubüberfall) – 10 **opportunément** au bon moment – 10 **une expression** *ici :* une formulation (Spruch) – 14 **un point de vue** une perspective, une opinion – 17 **adopter qc** *ici :* développer (übernehmen) – 18 **la °haine** [ˈɛn] quand on déteste qn/qc profondément (≠ l'amour) – 18 **un aîné** [ene] qui est plus âgé ; *ici :* qui appartient à la génération d'avant – 18 **se considérer comme** *ici :* penser qu'on est – 19 **se fâcher avec** se disputer avec – 19 **un peuple** *ici :* tous les habitants d'un pays (Volk) – 22 **Jeanne d'Arc** Johanna Jungfrau von Orléans – 26 **une appréhension** une inquiétude (Befürchtung) – 29 **accueillir** [akœjiʀ] recevoir (empfangen)

me donna à penser qu'elle n'avait pas cru que je reviendrais vraiment.

– Ainsi, commença-t-elle en me dévisageant comme le matin, vous êtes la petite-fille de René et d'Élise… Quelle triste histoire,
5 ma pauvre petite ! A-t-on découvert quelque chose ?

– Rien.

Je racontai les suppositions idiotes des policiers et ajoutai :

– Peut-être une vengeance…

Pourquoi avais-je dit cela ? Seule cette vieille folle de
10 Raymonde Lompel m'avait parlé de vengeance.

La vieille dame me fixa d'un regard impressionnant. Elle n'avait vraiment pas le cerveau ramolli, sa question me le prouva :

– C'est pour cela, que vous êtes venue me parler de Virgile ?
15 Vous croyez qu'il aurait pu se venger ?

Je n'étais pas très à l'aise. Elle paraissait furieuse. En tout cas, sa supposition prouvait qu'elle savait au moins qu'Élise et Virgile sortaient ensemble (bien que « sortir ensemble » ne soit peut-être pas une expression de l'époque).
20 Et voilà que d'un coup, elle se met à pleurer.

Je vous le dis : c'est épouvantable de voir une vieille dame pleurer, parce que les vieilles dames, elles ont déjà tellement vécu de choses dans leur vie, qu'on pense qu'elles doivent être blindées. J'étais terriblement ennuyée et en plus, je ne savais
25 même pas ce qui la faisait pleurer comme ça. Je me demandais si je devais appeler l'infirmière, quand elle m'agrippa le poignet avec une force incroyable, en chuchotant :

– Ce matin, j'aurais dû vous l'avouer…

Elle me lâcha le poignet, sortit un mouchoir de la poche de
30 son gilet, et s'essuya les yeux.

– Virgile est mort, lâcha-t-elle.

Je restai pétrifiée. C'est presque en murmurant que je demandai :

– Il y a longtemps ?

---

1 **donner à penser que** faire penser que (darauf hindeuten, dass…) – 3 **dévisager** regarder avec attention (anstarren) – 7 **une supposition** une hypothèse (Vermutung) – 12 **avoir le cerveau ramolli** *fam ici :* être moins en forme mentalement à cause de l'âge (senil sein, an Gedächtnisschwäche leidend) – 16 **être à l'aise** *f* se sentir bien, décontracté (sich wohl fühlen) – 24 **blindé** [blɛ̃de] *fam fig* insensible, endurci (abgehärtet) – 24 **ennuyé** mal à l'aise – 26 **un poignet** la partie du corps entre la main et le bras (Handgelenk) – 27 **chuchoter** [ʃyʃɔte] *ici :* dire à voix basse, à l'oreille de qn (flüstern) – 30 **un gilet** Strickjacke, Weste – 32 **pétrifié** être immobilisé par une émotion forte (versteinert) – 32 **murmurer** *ici :* dire tout bas

Elle hocha la tête : oui, longtemps.

– En Amérique ?

Elle secoua la tête : non.

J'attendis, ne sachant plus quelle question poser. C'est elle
5 qui reprit :

– C'est mon mari, qui avait voulu qu'on dise ça... pour
l'Amérique. Mon Virgile... mon petit garçon... Oh mon Dieu...
Il est mort le 17 décembre 1943.

Le 17 décembre ! « Virgile n'est pas venu » !
10 – Comment est-il mort ?

– Les Allemands l'ont pris, peu après qu'il a fait sauter leur
dépôt de munitions. Ils l'ont torturé... Oh mon Dieu ! Mon
Dieu !

Les larmes roulaient sur les joues de la vieille dame. C'était
15 terrible, elle ne pouvait plus parler.

Enfin elle se calma et, sans doute pour ne plus prononcer le
nom de son fils, elle reprit sur un autre ton :

– Mon mari, ça l'a rendu malade. Il était dans la Milice, il n'a
pas supporté que les Allemands lui aient tué son fils. Il a dit par-
20 tout que le petit était parti en Amérique. Il en devenait à moitié
fou. À la fin, je suis sûre qu'il croyait vraiment que son fils était
en Amérique. En tout cas, il n'a pas survécu à cela. Moi, j'ai survécu. Je ne sais pas pourquoi... Je crois que les femmes sont plus
fortes. J'aurais voulu ne pas être aussi forte, parce que si j'étais
25 morte alors, cela m'aurait évité ces souffrances atroces. Peut-on
imaginer ce que ressent une mère en apprenant qu'on a abominablement torturé son enfant ? Pouvez-vous comprendre ?

Je comprenais, et même, je pleurais aussi.

– C'est la première fois que je dis la vérité, parce que jamais
30 je n'aurais pu la raconter sans cette douleur affreuse, sans pleurer, et que je préférais moi aussi qu'il soit en Amérique. Quand
mon mari est mort, je n'ai pas voulu le trahir : j'ai tout laissé
en l'état. Vous comprenez, mon mari, il est mort de chagrin. De
chagrin !

35 Elle reprit son souffle péniblement, puis elle eut l'air de se
sentir mieux.

---

1 °**hocher la tête** [ˈɔʃe] secouer la tête (*ici :* pour dire oui) – 12 **torturer** faire souffrir qn
pour qu'il avoue ses secrets (foltern) – 14 **rouler** *ici :* glisser, couler (laufen) – 25 **une
souffrance** → souffrir ; une douleur – 26 **abominablement** → abominable ; atroce →
32 **trahir qn** [tʀaiʀ] *ici :* dire une vérité que qn voulait cacher (jdn verraten) – 32 **en
l'état** *m pour une chose :* telle qu'elle est (so, wie es ist) – 35 **reprendre son souffle** *ici :*
se calmer (tief durchatmen) – 35 **péniblement** avec difficulté

– Le petit Blestin aussi, ajouta-t-elle, cette histoire l'a profondément affecté.

– René Blestin ?

– Oui, votre grand-père. C'était un ami de Virgile, même s'ils se disputaient parfois au sujet des Allemands. Quand il a appris ce qui était arrivé, il en a été malade pendant des jours, et puis il a donné sa démission de la Milice. Ensuite, il a fait quelque chose de bien : il a épousé votre grand-mère.

J'en étais toute retournée. Je dis :

– Madame, vous saviez que…

J'hésitai. Si elle ne savait rien, je ne devais rien dire. Elle eut un petit sourire :

– Vous voulez parler de votre grand-mère ?

Je fis signe que oui.

– … et de Virgile ?

Je hochai de nouveau la tête.

– Comment savez-vous cela ? Est-ce qu'on dit ce genre de choses aux petites filles, aujourd'hui ?

Je ne répondis pas à la question, je ne m'offusquai même pas qu'elle me considère comme « petite ». Je me sentais oppressée.

– Est-ce que vous croyez, osai-je enfin, que Virgile voulait épouser ma grand-mère ?

– Oh oui ! dit lentement la vieille femme, bien sûr. Bien sûr. C'était le grand amour !

– Et ma grand-mère, elle a su… que Virgile était mort ?

– Oui. Elle l'a appris. Quand elle est venue à la maison pour avoir de ses nouvelles, mon mari lui a dit qu'il était parti en Amérique. Mais elle n'en a pas cru un mot : quand on aime, on sait. Et elle savait que, même en danger de mort, Virgile ne serait pas parti sans rien dire. Alors c'est moi, c'est moi qui lui ai avoué, pour qu'elle ne s'imagine pas qu'il l'avait abandonnée, et aussi pour partager ma douleur, je crois. Par égard pour mon mari, je lui ai fait jurer de ne rien révéler. Mon Dieu ! je me demande comment ça ne l'a pas tuée. Oui, les femmes sont trop résistantes, elles peuvent supporter sans mourir une douleur

---

2 **affecter** toucher, faire de la peine (betroffen machen) – 7 **donner sa démission** décider d'arrêter de travailler (seinen Rücktritt erklären) – 9 **J'en étais toute retournée.** Da war ich wie vor den Kopf gestoßen. – 20 **Je me sentais oppressée.** *ici :* Je sentais un poids sur mon cœur. (Etwas lag mir schwer auf dem Herzen.) – 22 **oser** *ici :* se permettre de (sich trauen) – 33 **par égard pour** par respect pour (aus Rücksicht auf) – 34 **jurer** promettre (schwören) – 36 **résistant** fort, robuste

insupportable, c'est ça qui est affreux… Quelques jours plus tard, elle a épousé René. Il savait.

– Vous voulez dire… Pour le bébé aussi ?

– Mon Dieu ! Vous êtes au courant de cela ?

5 Elle me fixa avec inquiétude :

– Et les autres… ils sont également au courant ?

– Non, moi seule. Je le sais parce que j'ai lu le journal de ma grand-mère. Mais elle ne raconte pas tout. Est-ce que René connaissait la vérité, pour le bébé ?

10 – Bien sûr qu'il la connaissait. C'était un gentil garçon. Il a assumé la femme et le bébé de son ami sans rien dire à personne. Un gentil garçon.

Je me sentais mieux.

– Je vous remercie, madame Delahaye. Il faut que je m'en
15 aille, maintenant.

Elle me retint par le bras.

– Sais-tu, me dit-elle en me tutoyant pour la première fois, que j'ai été frappée ce matin par ta ressemblance avec… ton grand-père ?

20 Je compris qu'elle ne parlait pas de Pilou.

– C'est pour ça que j'ai voulu te raconter, reprit-elle, pour ça que je t'ai demandé de revenir. Tu me ressembles aussi, je crois, mais il vaut mieux que personne n'en sache rien, n'est-ce pas ?

Je me penchai vers elle et l'embrassai. Mon arrière-grand-
25 mère. J'étais fière d'elle.

– Tu es une gentille petite, dit-elle. Je suis heureuse de t'avoir connue. Tout cela restera entre nous, n'est-ce pas ?

Je hochai la tête et répondis sérieusement :

– C'est notre secret.

---

11 **assumer qn/qc** accepter la responsabilité de s'occuper de qn/qc (etw auf sich nehmen) – 17 **tutoyer qn** [tytwaje] utiliser la deuxième personne en parlant à qn (jdn duzen) – 18 **une ressemblance** → ressembler à qn (Ähnlichkeit mit) – 23 **il vaut mieux que** + *subj* c'est mieux que + *subj* (es ist besser, wenn)

Celui qui n'aurait jamais dû venir

Cette fois, il fallait que je parte, que je quitte la maison, que j'aille faire au moins la fin de mon stage de danse, que je pense à autre chose. Je n'avais rien résolu de cette sombre affaire, j'avais perdu tout mon temps sur la piste de Virgile (si on peut parler
5 de temps perdu). Virgile n'avait pas tué mes grands-parents, et son fantôme non plus, parce que j'étais persuadée qu'il n'avait pas cherché à se venger (bien que je n'y connaisse rien en fantômes). Je partais, mais avec la claire conscience de n'avoir rien compris à la mort de Pilou et Mamie, et cela me rendait un peu
10 malade.

Quand je repensais au cri de Mamie (à moins que le vieux ne se soit trompé ?), m'effleurait la pensée qu'elle avait pu voir le fantôme de Virgile et, bien qu'il ne lui veuille aucun mal, elle avait pu s'affoler. Et en même temps, je me répétais que je ne
15 croyais pas aux fantômes.

Évidemment, cette piste me paraissait tellement bête que je n'aurais pas osé en dire le moindre mot. Je partais par le car du matin, voilà tout.

Mais décidément, à chaque fois que je pliais bagage, il se pas-
20 sait quelque chose, et là… ce qui se passa…

J'avais fermé tous les volets pour laisser la maison comme je l'avais trouvée, et ouvert la porte de manière à avoir encore de la lumière. D'ailleurs, il faisait soleil, et cela réchauffait un peu. C'est alors que quelqu'un s'encadra dans la porte. Un homme.
25 Je faillis crier et, en une seconde, toutes les recommandations de mes parents me sonnèrent aux oreilles. M'enfuir par la re-mise ? En cas de danger, je le pouvais !

L'homme était vieux, ce qui me rassura un peu. Je ne l'avais jamais vu. Il demanda d'une voix un peu éraillée, et avec un fort
30 accent (alsacien ?) :

– C'est bien la maison d'Élise Jugan ?

---

3 **une affaire** *ici :* une histoire – 4 **sur la piste de** à la recherche de (auf der Spur von) – 12 **la pensée m'effleurait que …** *abstrait ici :* j'avais l'étrange sentiment que – 14 **s'affoler** → fou ; perdre la tête, paniquer – 19 **plier bagage** partir (aufbre-chen) – 23 **réchauffer** → chaud ; apporter de la chaleur – 24 **s'encadrer dans la porte** im Türrahmen stehen – 26 **sonner aux oreilles de qn** *ici :* se rappeler de qc (jdm in den Ohren liegen) – 26 **par la remise** durch den Schuppen – 29 **éraillé** *pour la voix :* rauque (rau, heiser)

Je fis un signe affirmatif tout en surveillant le moindre de ses mouvements. Il était plutôt grand et pas mal pour son âge. Il s'appuyait sur une canne d'un air fatigué, sans esquisser un geste pour entrer. En bref, il ne parut pas avoir le moindre pro-
5 jet de s'attaquer à moi.

Toujours avec son drôle d'accent, il poursuivit :

– Élise Jugan n'est pas là ?

Je dis que non, pas pour le moment. Je ne voulais pas qu'il soupçonne que j'étais entièrement seule dans cette maison.

10 – Je peux l'attendre ?

– Non, dis-je, elle ne va pas revenir. Excusez-moi, il faut que je m'en aille.

L'homme ne bougea pas, il eut simplement l'air soudain préoccupé.

15 – Oh ! s'exclama-t-il, pour moi c'est… c'est très ennuyeux.

– De ne pas la voir ?

– Oui. Vous êtes de sa famille ?

Ma méfiance s'évanouit et je répondis :

– Je suis sa petite-fille.

20 – Ah ! C'est donc qu'elle s'est mariée… Je n'ai pas su. Elle habite tout de même la maison de ses parents.

Je hochai la tête :

– Depuis peu.

– Pouvez-vous me dire où la trouver ?

25 Il paraissait sincèrement embêté. J'hésitai un moment, puis j'avouai :

– Vous ne la trouverez plus. Mes grands-parents sont morts tous les deux.

Le vieil homme eut l'air suffoqué, et peiné à la fois.

30 – C'est tragique pour moi, dit-il.

Je trouvais la phrase ahurissante : la mort de mes grands-parents, c'était tragique pour tout le monde (à commencer par eux) et sûrement plus pour nous que pour ce parfait inconnu.

Inconnu ? Je le dévisageai soigneusement.

35 Virgile ! Était-il possible que ce soit Virgile ? Malgré mes efforts d'adaptation je ne le reconnaissais pas. Et puis… je ne

---

1 un signe affirmatif un geste pour indiquer une réponse positive – **3 une canne** un bâton qui aide à marcher (Stock) – **3 esquisser** *fig* commencer à faire (andeuten) – **4 en bref** *litt* pour résumer – **9 soupçonner que** [supsɔne] deviner (d'après certains indices) que (vermuten) – **14 préoccupé** qui s'inquiète, qui se fait du souci – **15 ennuyeux** *ici* : qui est désagréable ou embêtant (ärgerlich, unangenehm) – **18 s'évanouir** *ici* : disparaître – **23 depuis peu** depuis peu de temps (seit kurzem) – **29 peiné** très triste (bekümmert) – **33 ce parfait inconnu** dieser völlig Fremde – **35 malgré mes efforts d'adaptation** *ici* : malgré tout ce que je faisais pour trouver des ressemblances …

pouvais pas douter de ce que m'avait dit Mme Delahaye : Virgile était mort, et bien mort.

Franchement intriguée, je m'informai :

– Vous connaissiez Élise Jugan ?

5 – Non, pas du tout.

Je le regardai avec curiosité.

– Je ne l'ai jamais rencontrée, reprit-il, mais je voulais lui dire… Je voulais lui dire combien je regrettais…

Je le considérai toujours fixement, un peu plus ahurie à 10 chaque seconde, guettant chacune de ses paroles. Il semblait chercher ses mots.

– Combien je regrettais… pour Virgile Delahaye.

Ça me coupa les jambes. Sans y avoir réfléchi vraiment, je lui fis signe d'entrer et de s'asseoir à la table. Je m'assis de l'autre 15 côté, sur un coin de chaise, mal à l'aise.

– Virgile Delahaye, dis-je en essayant de garder une voix ferme, je vois qui c'est.

Il me raconta alors qu'il n'en avait plus que pour quelques mois à vivre, et qu'il voulait les consacrer à soulager sa con-20 science.

– C'est, remarqua-t-il, à votre grand-mère que j'aurais voulu parler. J'ai fait tout ce chemin…

Il sembla hésiter un moment, puis il secoua la tête et finit :

– Cela me fera du bien de raconter à quelqu'un de sa famille… 25 Voyez-vous, vous avez dû l'entendre à mon accent, je suis alle-mand. Pendant la guerre, j'étais basé à Saint-Léonard, pas loin.

Je fis signe que je connaissais.

– Là… – mais est-ce qu'à votre âge on peut comprendre ça ? – j'ai été amené à accomplir des actes… des actes terribles. C'était 30 la guerre. Il est difficile de concevoir comment la guerre vous transforme peu à peu en un monstre cruel. J'obéissais aux ordres et je me retranchais derrière cette idée, mais je sais aujourd'hui que je n'éprouvais plus aucun sentiment d'humanité. J'ai honte

---

1 **douter de** avoir des doutes, ne pas croire – 10 **guetter** [gete] *ici* : attendre avec curio-sité (gespannt warten auf) – 13 **Ça me coupa les jambes.** *fam* Ça me vida de toute mon énergie. (Das schaffte mich.) – 17 **ferme** *pour une voix* : déterminée, qui ne tremble pas – 19 **consacrer** destiner (widmen) – 19 **soulager** calmer – 26 **être basé** *pour un soldat* : avoir pour base (stationiert sein) – 29 **J'ai été amené à accomplir des actes terribles.** Man hat mich dazu gebracht, schreckliche Dinge zu tun. – 30 **concevoir** *ici* : comprendre – 31 **transformer** changer (le caractère) – 31 **peu à peu** nach und nach – 31 **obéir aux ordres** [ɔbeiʀ] *mpl* den Befehlen gehorchen – 32 **se retrancher derrière qc** se cacher derrière qc pour se protéger (sich hinter etw verschanzen) – 33 **un sentiment d'humanité** ein menschliches Mitgefühl

à le reconnaître : c'est moi qui ai torturé, ici. Et en particulier
Virgile Delahaye.

Mon cœur se mit à battre.

– Ne me racontez pas, suppliai-je en me crispant, je ne suis
5 pas… Je ne veux pas entendre des histoires de tortures.

Le vieil homme hocha longuement sa longue tête blanche
sans rien ajouter. Je crois qu'il me comprenait très bien. Il se
contenta de remarquer :

– Il a fait preuve d'un grand courage, il n'a rien révélé, et nous
10 n'avons pas su le nom des membres de son réseau. Seulement
il en est mort.

Voilà que je me prenais à penser que je préférais que Mamie
ne soit plus là. S'il l'avait trouvée ici, il aurait réveillé une douleur terrible rien que pour se mettre en paix avec sa conscience,
15 s'en rendait-il compte ?

Je demandai :

– Pourquoi être venu ici ? Je veux dire… comment avez-vous
su que Virgile Delahaye connaissait Élise Jugan ?

L'homme mit la main dans la poche intérieure de son par-
20 dessus et en sortit une photo. Il s'agissait d'un portrait de ma
grand-mère jeune. Il me montra qu'au dos il était écrit : Élise
Jugan. La Bétinais. Saint-Jean.

La Bétinais, c'était le nom de cette maison.

– Cette photo, commenta l'Allemand, Virgile Delahaye l'avait
25 sur lui, c'est pourquoi je savais l'adresse, et que cette personne
était importante pour lui, sans doute sa fiancée.

Je laissai passer un moment avant d'interroger :

– Vous vouliez lui rendre la photo ?

– Oui. Et aussi… lui expliquer pourquoi on a dénoncé Virgile.
30 – Il a été dénoncé ?

Finalement, ce n'était pas très étonnant.

– Bien sûr, répondit l'Allemand. La dénonciation, c'était pour
nous pratiquement la seule façon de capturer les terroristes.

– Vous voulez dire les résistants ?
35 – Si vous voulez… Vous comprenez que Français et Allemands
ne pouvaient pas, à cette époque, avoir le même point de vue,
le même vocabulaire. (Il eut un petit geste de la main, comme

---

1 **reconnaître** *ici :* avouer (zugeben) – 1 **en particulier** surtout, spécialement – 4 **sup-
plier** prier en insistant (anflehen) – 9 **faire preuve de** *f* montrer – 10 **un réseau** [ʀɛzo]
ici : une organisation de personnes travaillant pour le même but (Netz) – 12 **se prendre
à** *litt* commencer à – 13 **réveiller** [ʀeveje] *ici :* provoquer (wieder wachrufen) – 19 **un
pardessus** un manteau (Mantel) – 26 **un, e fiancé, ée** → fiancer

pour chasser certaines pensées.) Vous savez, aujourd'hui les Français donnent à croire qu'ils ont tous été résistants, mais ce n'est pas vrai. Moi, j'en ai connu qui croyaient à la Grande Allemagne, qui ont collaboré avec nous. Et puis j'en ai vu d'autres se
5 rallier par intérêt personnel, pour faire fortune ou simplement par peur. Surtout après les exécutions d'otages.

Exécutions d'otages ! Ça me rappelait quelque chose !

– Voilà pourquoi Virgile a été dénoncé, finit-il. Avec ses amis, il avait fait sauter le dépôt de munitions, et nous avions fusillé le
10 soir même dix otages en représailles. Alors, quelqu'un est venu nous voir, expliquant qu'il était intolérable que des innocents paient pour les terroristes, et nous donnant son nom.

Quelqu'un l'avait dénoncé ! Il ne dit pas qui, mais j'étais sûre qu'il s'agissait de Raymonde Lompel. Ma grand-mère ne l'aimait
15 pas beaucoup, et j'aurais parié que j'en savais la raison : elle se doutait de quelque chose ! J'étais furieuse. Je serais volontiers allée la gifler, la Raymonde, de toutes mes forces.

Le vieil Allemand esquissa un signe de la main, pour signifier qu'il en avait presque fini, avant d'ajouter :
20 – Remarquez bien… Je crois que cette personne a eu ensuite des remords terribles et, les remords, je sais ce que c'est. Un poison pernicieux qui vous court dans les veines et vous détruit de l'intérieur.

– Il était bien temps d'avoir des remords ! fis-je avec colère.
25 – Enfin, votre grand-mère n'est plus là, et il vaut peut-être mieux garder le silence sur cette affaire, laisser le coupable face à son passé.

Je comprenais qu'il ne veuille pas m'en révéler plus : je n'avais rien à voir avec cette vieille affaire.
30 – Ne vous fatiguez pas, dis-je, je sais de qui il s'agit, et je crois bien que ma grand-mère s'en doutait aussi.

– Dans ce cas, reprit alors l'Allemand, il faut que je vous sachiez tout de même, avant de juger, que le lendemain cette personne est revenue me voir pour se rétracter. Elle prétendait
35 n'avoir agi que par jalousie, uniquement par jalousie, et que

1 **chasser** *ici :* éloigner, éliminer (→ la chasse) – 2 **donner à croire** faire croire – 4 **se rallier** *ici :* se mettre avec, rejoindre – 5 **personnel** → une personne – 5 **faire fortune** devenir riche – 10 **en représailles** als Vergeltungsmaßnahme – 15 **se douter de** deviner (ahnen) – 16 **volontiers** avec plaisir (gerne) – 17 **gifler** donner une claque (sur la joue) (ohrfeigen) – 18 **signifier** [siɲifje] *ici :* montrer – 22 **pernicieux** *litt* dangereux, mauvais – 22 **une veine** → Vene – 26 **face à** confronté à (im Angesicht) – 28 **ne rien avoir à voir avec** nichts zu tun haben mit – 30 **se fatiguer** *fam* faire des efforts inutiles – 34 **se rétracter** seine Aussage zurückziehen – 35 **la jalousie** *ici :* → jaloux – 35 **uniquement** seulement

Virgile Delahaye n'était coupable de rien. Bah! C'était faux, j'en étais sûr, Virgile Delahaye avait bel et bien fait sauter notre dépôt, mais de toute façon, c'était trop tard, et ce n'était pas mon problème.

5 – J'aime autant, remarquai-je à voix basse, que ma grand-mère n'ait pas entendu cela.
– Je n'ai pas eu le temps de le lui dire, elle a raccroché avant.
Je le considérai avec stupéfaction :
– ... raccroché quoi ?
10 – Eh bien... le téléphone ! J'avais réussi à obtenir par la mairie le numéro de téléphone de La Bétinais. (Je venais d'apprendre que j'étais condamné par les médecins – je suis atteint d'un cancer incurable). Je l'ai appelée. Malheureusement, elle ne m'a pas écouté très longtemps, j'ai juste eu le temps de dire le nom
15 de celui qui l'avait dénoncé, Blestin, et elle a raccroché.
Mes yeux s'agrandirent d'effroi :
– Qu'est-ce que vous avez dit ?
– L'homme qui a dénoncé Virgile, je le connaissais bien, c'était un gars de la Milice, René Blestin.
20 Mes lèvres se mirent à trembler.
– ... Et... et c'est ça... que vous avez dit à ma grand-mère au téléphone ?
– Oui. La nuit de Noël. Je me voyais si malade et si seul...
Je me sentis mal, mal... Je ne sais comment j'eus la force de
25 souffler :
– Excusez-moi, monsieur, il faut vous en aller, maintenant.
Il se leva en me jetant un regard inquiet :
– Vous ne vous sentez pas bien ?
– Si... si.
30 Je le regardai sortir et je courus à la salle de bain pour vomir.

J'ai tout consigné sur le cahier. Les larmes brouillaient ma vue, mais j'ai pu écrire jusqu'au bout. Ensuite, j'ai enfermé le cahier dans le coffret en bois, que j'ai enfermé dans la valise d'osier...
35 au fond de la mémoire de la maison, au fond du temps.
Pourquoi n'avais-je pas quitté la maison une heure plus tôt, une demi-heure, même dix minutes ? Je n'aurais pas rencon-

---

2 **bel et bien** réellement, vraiment (tatsächlich) – 5 **à voix basse** mit leiser Stimme –
8 **avec stupéfaction** f avec étonnement – 10 **la mairie** Stadtverwaltung – 12 **condamner** [kɔ̃dane] *ici :* qui va bientôt mourir – 12 **Je suis atteint d'un cancer incurable.** Ich
leide unheilbar an Krebs. – 16 **s'agrandir** devenir plus grand – 16 **l'effroi** m une peur
extrême (→ effrayant) – 20 **mirent** *passé simple de* mettre – 26 **s'en aller** partir –
31 **brouiller** troubler (vernebeln)

tré l'Allemand, je n'aurais pas cette douleur au cœur. Le hasard commet parfois des actes irréparables. Maintenant, c'est trop tard. Est-ce qu'il faut que je le regrette ? La vérité. Ce n'est que la Vérité.

5 J'ai bien fait de tout écrire, cela m'a soulagée. Surtout quand j'ai noté que René était retourné voir les Allemands, pour essayer de réparer le mal, l'horreur qu'il avait déclenchée sur un simple coup de tête. « On ne peut pas tenir rigueur à un homme toute sa vie de ce qu'il a fait à vingt ans. Il est peut-être le premier à
10 le regretter. »

Maintenant, je comprenais tout : son attitude de protection, son amour dévoué pour ma grand-mère, la façon dont il avait élevé son fils. Il leur devait bien ça. IL LEUR DEVAIT BIEN ÇA !

Je crois que j'avais crié ces mots.

15 Et ensuite, je suis allée chercher la veste en laine bleue de Mamie, et son plaid, et je me suis enveloppée dans les deux. Je me suis allongée sur la banquette du salon, et je suis restée là sans bouger, les yeux fixant le plafond.

Mais je ne voyais rien, parce que mes yeux étaient pleins de
20 larmes, et que mes oreilles résonnaient du cri de Mamie.

Pilou ne voulait pas revenir dans cette maison. Elle « portait malheur ». Oui. C'est lui qui y avait apporté le malheur, et il avait peur que celui-ci ne se retourne contre lui. Les gros murs de pierre, eux, n'y étaient pour rien.

25 Est-ce qu'il n'avait pas redouté tout au long de sa vie que sa femme apprenne la vérité ? Cinquante ans à trembler. Cinquante ans de remords. Cinquante ans à ne savoir que faire pour réparer, à ne pouvoir rien faire pour réparer.

Rien ne se répare jamais.

30 Le téléphone avait sonné en plein milieu du réveillon. Le téléphone, c'est terriblement dangereux. C'était un homme qui appelait, juste parce qu'il avait le cafard. Juste parce qu'il avait le cafard…

Mamie avait décroché. Elle avait entendu la voix. Elle avait
35 entendu les mots. Elle avait regardé fixement devant elle. Sa main s'était mise à trembler. Elle avait raccroché sans même

---

2 **irréparable** qui ne peut pas être réparé (→ réparation) – 7 **déclencher** provoquer (auslösen) – 12 **dévoué** hingebungsvoll – 16 **un plaid** [plɛd] une couverture (Decke) – 16 **s'envelopper** s'emballer (sich einwickeln) – 17 **une banquette** une sorte de banc – 18 **le plafond** ≠ le plancher (Zimmerdecke) – 20 **résonner de** etw erneut erklingen lassen – 23 **se retourner contre** *ici :* sich wenden gegen – 24 **n'y être pour rien** ne pas être responsable pour qc – 25 **redouter** craindre – 32 **avoir le cafard** *fam fig* être déprimé/mélancolique, avoir le blues (*fam*)

en avoir conscience. Le regard terrifié, elle s'était dirigée vers la porte, elle était sortie, et là, elle avait poussé un cri terrible, un cri à se déchirer le cœur, pour évacuer une douleur intolérable. Intolérable.

5 Elle avait couru jusqu'au ruisseau.

Est-ce qu'elle avait voulu sauter par-dessus ? Est-ce qu'elle s'était évanouie ? Elle était tombée, et son front avait cogné une pierre, son visage était resté dans l'eau.

Son mari avait-il entendu la voix au téléphone ? Avait-il sim-
10 plement compris que le grand malheur qu'il redoutait tant venait de le rattraper ? Après un moment de stupeur et de désarroi, il avait pris une lampe électrique et il était parti à la recherche d'Élise, le souffle court, les jambes flageolantes.

Et il l'avait trouvée dans le ruisseau. Elle ne bougeait plus.
15 Alors il s'était allongé près d'elle, et il avait pleuré. Pardonne-moi. Pardonne-moi… Il avait entouré ses épaules de son bras, et il avait plongé son visage dans l'eau, à côté du sien.

Je suis sûre que c'est comme ça que ça s'est passé.

Je me suis relevée, je suis remontée au grenier en courant, et
20 j'ai repris dans le coffret mon cahier, et celui de Mamie. Et je suis descendue jusqu'au ruisseau, j'ai sauté par-dessus, je me suis assise sur les pierres de l'ancien lavoir. Et puis j'ai déchiré toutes les pages des deux cahiers, une par une, en tout petits morceaux, et je les ai jetés dans le courant.

25 Les petits papiers blancs s'en sont allés courir sur l'eau, légers, insouciants.

Je suis restée là longtemps, bien longtemps après qu'ils ont disparu.

Les pierres du lavoir sont tièdes, je me sens mieux.

30 C'est fini. Personne ne saura rien. Il n'est pas difficile de garder un secret quand ce secret est si lourd qu'il ne peut pas remonter, quand il n'y a pas de mots pour le dire.

La chape de plomb qui emprisonnait mon cœur se desserre. Les torrents de larmes se sont apaisés en un lac profond et tran-

---

2 **un cri à se déchirer le cœur** herzzerreißender Schrei – 3 **évacuer** *ici :* faire sortir (freisetzen) – 7 **cogner** heurter (an etw stoßen) – 11 **la stupeur** → la stupéfaction, l'étonnement *m* – 12 **le désarroi** le désespoir (Verzweiflung) – 12 **une lampe électri-que** Taschenlampe – 13 **le souffle court** kurzatmig – 13 **flageolant** [flaʒɔlɑ̃] trembler de faiblesse ou de peur – 16 **entourer qc de qc** *ici :* mettre qc autour de qc (etw um etw legen) – 25 **courir sur l'eau** auf dem Wasser treiben – 25 **léger** leicht – 26 **insouciant** sans souci (sorglos) – 29 **tiède** ni chaud ni froid (lauwarm) – 31 **lourd** [luʀ] ≠ léger (*ici :* bedrückend) – 32 **remonter** *ici :* refaire surface, apparaître de nouveau – 33 **une chape de plomb** *fig* Mütze aus Blei, *ici :* schwer drückendes Geheimnis – 33 **emprison-ner** *ici :* enfermer (→ une prison) – 33 **se desserrer** sich lösen – 34 **apaiser** retrouver le calme (→ la paix) – 34 **un lac** [lak] → *anglais :* lake

quille. Le secret est là, enfoui en moi.[1] Je le protège du monde, je protège le monde contre lui. Je me sens forte. Comme un rempart.[2] Je suis un rempart.

Je vais prendre le car de seize heures.

---

1 **enfouir** enterrer, cacher (très profond) (verbergen) – 2 **un rempart** un mur de protection (Bollwerk)

Biographie

Évelyne Brisou-Pellen vit actuellement avec sa famille à Rennes en Bretagne. Après avoir grandi au Maroc, Évelyne revient en France. Elle y fait le reste de sa scolarité et commence des études de lettres pour devenir prof de français.

L'arrivée de son premier garçon, puis de son deuxième, et sa passion pour l'écriture la poussent très vite à quitter l'enseignement.

Aujourd'hui, c'est en tant qu'auteur qu'elle rencontre les élèves lors des nombreuses lectures et animations organisées dans les écoles, collèges et lycées, à la sortie de ses livres.

Pour en savoir plus sur Évelyne Brisou-Pellen et sur ses livres, consultez son site officiel : http://brisou-pellen.fr

Bibliographie

(Un extrait : Depuis qu'elle a commencé à écrire en 1978, Évelyne Brisou-Pellen a publié plus de 100 titres !)

Ysée 1 Le reliquaire d'argent – Bayard jeunesse, coll. Estampille, 2011

Hugues Capet et les chevaliers noirs – Gallimard folio junior, 2011

Le sceau de Clovis – Gallimard folio junior, 2010

L'Epée des rois fainéants – Gallimard folio junior, 2010

Le Noël de l'An 800 – Gallimard folio junior, 2010

L'Otage d'Attila – Gallimard folio junior, 2009

Le Maître de Lugdunum – Gallimard folio junior, 2009

Rendez-vous à Alesia – Gallimard, folio junior, 2009

Les sortilèges du feu – Pocket jeunesse, 2008

Le Destin d'Alaïs (Les Protégées de l'Empereur) – Pocket jeunesse, 2007

Meurtre au palais (Les Protégées de l'Empereur) – Pocket jeunesse, 2007

Le Vrai Prince Thibault – Rageot, 2006

Le Philtre d'Amour – Nathan, 2006

Un cheval de rêve – Nathan poche, 2005

Le Signe de l'Aigle – Casterman, 2005

L'anneau du Prince Noir – Gallimard, 2004

A l'heure des chiens – Rageot, 2004

Le soleil d'Orient – Milan, 2003

Les enfants d'Athéna – Hachette Jeunesse, 2002

Deux ombres sur le pont – Pocket, 2002

Un trésor à l'orphelinat – Rageot, 2001

Un amour éternel – Rageot, 2001

Du venin dans le miel – Rageot, 2000

La maison aux 52 portes – Pocket, 2000

La plus grosse bêtise – Rageot, 1999 ; 2004

Mystère au point mort – Rageot, 1999

Le réveil du sphinx rouge – Pocket, 1998

La cités des scribes – Pocket, 1998

L'inconnu du donjon – Gallimard, 1997

Un si terrible secret – Rageot, 1997

Liste des abréviations

≠	antonyme de
→	mot de la même famille
°	h aspiré (pas de liaison : *le/la* devant un substantif, *je* devant un verbe)
[']	h aspiré (pas de liaison : *le/la* devant un substantif, *je* devant un verbe)
adj	adjectif
arg	argot
arg scol	argot scolaire
etw	etwas
f	féminin
fam	familier
fpl	féminin pluriel
inf	infinitif
iron	ironique
jdm	jemandem
jdn	jemanden
litt	littéraire
m	masculin
mpl	masculin pluriel
péj	péjoratif
qc	quelque chose
qn	quelqu'un
subj	subjonctif
subst	substantif
vx	emploi vieilli